# 生之頌

杏林子

願以這本小書
還有我的愛和祝福
送給爸爸
作為七十歲的生日禮物

# 《生之頌》九歌版第一次重排記

在我還不太會走路的時候，父親就喜歡抱我在炕上，就著微弱的燭火或是煤油燈，教我認字。然後，一有空就把我扛在肩膀上大街，認招牌字也！這純粹是一種炫耀的心理，在大庭廣眾之間，聽著街坊鄰居的嘖嘖稱讚聲，爲人父者那一點虛榮心就獲得極大的安慰與滿足，當時的得意和風光就不用提了。

可惜的是小時了了，大未必佳。我的小學念得並不順利，從一年級開始就學會逃學，主要的原因是貪玩，不喜歡呆呆板板坐在課堂裡。另一個原因是認字早，一開學就好奇地把所有的課本全翻完了，這以後的日子自然覺得冗長難耐，遇到好天氣好心情時，便忍不住想溜出課堂四處逛逛，少則一天半日，多則三五天才自動回營。

不想有一次學校臨時調動教室，害我措手不及，怎麼樣也找不到自己的班級（後來才知道，我那一班在附近的廟宇借讀），只好被迫流亡了一個多月，家中居然也給瞞得密不透風。

還是有一天父親經過學校，順便進去看看我和姊姊上課的情形，沒想到找遍全校的教室，就是不見我的蹤影。到教務處去查，居然說沒我這個學生，父親大驚之餘，想到了一個最笨也是最聰明的法子，站在校門口守株待兔。果然，到了放學的時候，看見我這隻兔子從隔壁紗廠一搖三晃地出來，立刻拎小雞似的一把拎回了家，就是一頓狠揍。父親從來捨不得打他這個嬌女兒，這是唯一的一次。我想，當時他心中失望的成分恐怕更勝於驚怒。

這以後，逃學的毛病改了，上課卻仍是不專心，總好像七魂六魄中少了那麼一魂兩魄似的。等到我眞正開始知道用功，卻已經時不我予，就在六下時，一場大病從此剝奪了我求學的機會。

父親哭了，這位半生戎馬，打過無數次仗，負過無數次傷的沙場老將，在面對女兒的病痛時，束手無策，潸然淚下。不止是心痛女兒受苦，還有著對未來的隱憂，期望的幻滅。隨後那一大段漫長的歲月中，不時可以聽到他黯然地嘆息：「若是妳不生病的話，恐怕博士學位早拿到了。」

父親的願望也許我永遠無法達到，但我可以給他一些別的東西。有時候，文憑並不能代表什麼，重要的是我們的生活方式、生活態度，以及生活內涵。一九八〇年，我送他一座十大傑出女青年獎，他簡直可以用「歡喜若狂」四個字來形容，竟然一大清早跑到台北買了十幾份報紙，爲的是多看一眼女兒得獎的新聞。那座金鳳獎，他原本要放置在客廳最醒目之處，好叫客人一進門就能看見，我總覺得太過招搖，難爲情。

他無奈之餘，只好捧回自己的臥房，置於案頭，朝夕相對。但卻把我得獎的照片，大大小小壓了一大堆在他辦公桌的玻璃板下展示。我忽然有些憐惜他，一顆老父的心是多麼容易滿足，兒女一點點長進就這般的喜不自勝！

《生之頌》原是爲祝賀父親七十壽辰而寫，爲的是感謝他在我成長的過程中所給予我正直無私的榜樣，以及不怕橫逆、不畏艱險的毅力和勇氣。

如今，《生之頌》再度由九歌出版社重新排印，改版發行，遺憾的是父親已經不在了，除了深深感謝九歌出版社的蔡文甫先生和陳素芳小姐外，對父親也更多了份懷念和追思。

杏林子

八十三年十二月
於花園新城

# 目錄

# 新芽

在我窗前山坡上，有一株野桐。每年秋深了，蒼翠的葉子就一片片飄落，只剩下光禿禿的枯枝在寒冬的冷風中搖曳，像是一隻蒼老而多筋骨的手無言地伸向天空。整整一個冬季，我看著它毫無生氣地佇立在那裡。

春天來了，我等著它發新芽，可是它一點動靜也沒有，一直到櫻花謝了，杜鵑也謝了，春天都快結束了，我幾乎要開始懷疑它是否已經死了。忽然在某一個我不注意的清晨，爆出了一樹的小嫩芽，很快地綠樹成蔭，翠華如蓋。綠得那樣鮮明清新，叫你簡直想不起它原來的樣子。

年年我都守在窗前看它發芽，彷彿成了一件很莊重的慶典。在那些枯黑乾瘦的枝幹中，隱藏了一些我看不見的東西，但我知道一定在它裡面，那就是生命！

我常常想，什麼時候樹不再發芽了，它就已經接近死亡了。人又何嘗不是一樣呢？

三十多年來，我眼看著全身的關節一個個損壞、變形、僵死。多少時候，我也曾筋疲力竭，生命力有如風中的枯葉一般，一點一點離我而去，就像一棵奄奄一息、垂死枯竭的樹。然而，在某一處很深很深的地方，總像是有一點不死的東西在掙扎著、掙扎著，幾經將息調養，又逐漸地在滋長、在萌芽。終於有一天，「嘩」的一聲，有如大地驚蟄，萬物復甦，冰河解凍，新樹抽芽，我又重新感受到生命的跳躍！生命的活力！生命的喜悅！

很多時候，我們都有相同的經歷。當我們遭遇了一些令人無法承受的挫折和打擊，心靈上的憂傷和創痛，一霎時真有心灰意冷、心力交瘁的感覺。我們什麼也不能做，什麼也不願做，是那樣的軟弱、孤單而衰竭，生氣全無。然而，「你們得救在乎歸回安息，你們得力在乎平靜安穩。」神就是要我們靜靜安息在祂裡面，等候祂的時間。正如冬天的樹等候春天的降臨。時候到了，我們便能重新發出新芽，重新得著生命的力量。

「我們的外體雖然毀壞，內心卻一天新似一天。」人的肉體都免不了隨著時光而衰微、病弱、老邁，以至於死亡。但有神的生命在裡面，我們便能不時勃發新的生機，日日常新，歲歲常青！

哦，主！
面對這即將臨到的一年，

全然嶄新，
亦全然陌生，
三百六十五日每天都是一個未知數。
我們不知那裡有福，有禍；
有歡樂，
還是眼淚。
我們不能預測，
也無從準備，
但我們知道這一切祢都早已經策劃。

我們不敢祈求安逸，
深怕安逸使我們放縱。
我們也不敢祈求歡樂，
太多的歡樂容易使人迷失。
而主——
我們也怕憂傷會割裂了我們的心，

淚水會遮掩了視線。
除非祢能為我們抵擋，
並且開路。
我們便數算著每一天的生命，
欣然交予祢手。
一同向前邁進，
邁向不可知的新年度。

# 一條腿的蚱蜢

有個女孩在病床上寫了一封信給我，告訴我，她不久前在一次意外事件中失去了她左手的小拇指，就在她二十歲生日的前夕。

望著重重紗布下缺了一「角」的手，她簡直不能忍受這個事實，這使她痛苦欲狂，歇斯底里。我很能了解她的心情，因為，她所流過的眼淚我也流過，她所經歷的心碎我也曾經歷，雖然一根小拇指不過是身體中最小的一環，但依然造成永遠無法彌補的缺憾！

但這是否就真的代表不幸和絕望呢？蛹必須經過黑暗的掙扎才能蛻變為蝶，寶石必須經過割裂和琢磨才見光采，大地有了缺口，泉水才能流出。當我們的生命也經歷了那些掙扎，那種破碎，那樣如刀割一樣的痛苦之後，才往往更加體會到它的美和真實，發揮出它的光采和價值。

前幾天，我的母親在門口捉到一隻蚱蜢，足足有十公分長，顯然地，牠剛剛經歷了一場激烈無比的拚鬥，牠失去了一條大腿，正筋疲力竭地伏在門上休息，母親很輕易地捉住牠！

她把蚱蜢放進一只大臉盆裡，端給剛滿兩歲的小姪子看。蚱蜢在臉盆裡奮力地跳著，但是因為牠失去了一條腿，身體不能平衡，每一跳之後，就會跟著摔一跤，滑一個跟頭，樣子十分滑稽。逗得小姪子又笑又叫！

母親怕小姪子弄死牠，很快又把牠放回草叢。望著牠一跳一個跟頭地遠去，我心中忽然有種說不出的「肅然起敬」的感動，這樣一個小小的生命，身受重創，可以想見的牠還會面臨更多慘烈的搏鬥，但我相信，即使牠再失去一條腿，也絕不會放棄天賦牠生存的權利。

人生道上，我們也可能失去很多東西，一根拇指，甚或一條腿；失不去的是我們對生命的信心，生活的勇氣！

主，
如果我是一棵樹，
就請祢修剪我，

雖然刀剪割裂令我痛苦，
但是主啊！
我知道，
唯有經過祢親手的修剪，
才能使我成長茁壯，
成為有用的棟樑。

主，
如果我是一塊石頭，
就請祢琢磨我，
雖然釘錘的敲打令我痛苦，
但是主啊！
我知道，
唯有經過祢親手的琢磨，
才能使我化粗糙為圓潤，
成為堅固的基石。

主，
如果我是一支蠟燭，
就請祢點燃我，
雖然燃燒的焦灼令我痛苦，
但是主啊！
我知道，
唯有祢以生命點燃我，
才能使我發出光亮和熱度，
逐退四周的黑暗。

我的主，
我不怕痛苦與眼淚，
不怕災難和打擊，
只求通過祢的手，
將我塑造成祢合用的器皿。

# 無私的愛

前些時，看了一部電視長片《夢幻曲》，是述說大音樂家舒曼一生為音樂奮鬥，以及與愛妻克萊拉情深似海的愛情故事。優美動人的旋律，溫馨感人的情節深深吸引著我，撞擊著心靈深處。

原來，舒曼與克萊拉從小便相識相愛，雖然他們的婚事受到老岳父極力阻止，也無法使他們分離。他們愛得那樣深，那樣摯，以至於舒曼在卅六歲去世時，克萊拉簡直痛不欲生。但想到舒曼才華橫溢，卻因英年早逝，作品流傳不廣，便忍住心頭之痛，四處旅行演奏丈夫的曲子，她一直活了八十幾歲。舒曼能成為國際知名的大音樂家，全靠他這位愛妻的努力。

《汪洋中的一條船》作者鄭豐喜和吳繼釗結婚時，也曾受到極大的阻力。但吳女士愛鄭豐喜樂觀進取、不向命運屈服的精神，不以他的傷殘為意，毅然決然地嫁給了他。可惜的是他們僅度過短短幾年甜蜜生活，鄭豐喜就不幸病逝。吳女士悲痛逾恆，幾度昏厥。然而為了完成丈夫生前的心願——要在他的故鄉口湖鄉建立一座圖書館，不停地奔走呼籲，同時成立鄭豐喜文教基金會，好讓丈夫的愛仍能遺留人間，嘉惠更多的傷殘子弟。她和克萊拉的例子多麼相似，就因為她們心中這份不死的愛，不僅帶給她們一個積極的人生目標，也開拓了她們的人生領域。

一個國際知名的學者，學識淵博，風趣儒雅，夫妻倆都喜愛戲曲，常常夫唱婦隨，恩愛非常。當做丈夫的知道自己患有不治之症，做妻子的深恐無法承受日後的孤寂，便與夫婿一同雙雙服毒自盡了。我不忍心責備他們，卻免不了深深惋惜。其實，她還是可以留下來，為丈夫、為社會、也為她自己做很多事。為了所愛的人，我們才更應該堅強的活下去啊！

教會有位吳元晃伯伯，十二年前他的愛女以敏因急病去世，他整個心都碎了。以敏又孝順又乖巧，極得他的鍾愛。他甚至願意用他所有的一切去換回這個女兒，然而死者已矣，生者何堪？在極度的悲痛中，吳伯伯突然領悟到他個人不過失去一個女兒，這世上卻有更多沒有父親，需要愛卻得不到愛的孩子們！從那一天開始，他從自我的狹窄世界走出來，把他對女兒的愛散布給無數的青年們，他愛他們，他們也愛他。在風景美麗的花園新城，他奉獻了一座青年中心，供給他們集會休息之用。

吳伯伯雖然失去以敏，卻得回更多的兒女。捨小愛而就大愛，這又是怎樣一種令人感動的胸襟呢！

耶穌在十字架上為我們贖罪捨命，立下一個愛的榜樣，教導我們如何去愛，而且愛得積極，愛得無私。

主，教導我，
教導我別做一個自私的人。
別讓我把歡笑隱藏在心裡，
別讓我把歌聲吞嚥在喉中，
別讓我的雙手只為自己禱告。
在我面對一張愁苦的臉、
一對乞援的眼時，
主啊！
別讓我視若無睹，
轉身不顧。

因為，主啊！
在人生的旅途上，
我也曾軟弱，
需要他人扶持；
我也曾孤單，
需要他人陪伴；
我也曾淚流滿面，
需要他人了解安慰！

分享的快樂是加倍的，
分擔的擔子是輕省的。
我的主，
教導我在得到之前，
先學會付出的功課。

# 訓練與磨練

我有兩個弟弟，大學畢業後，都曾入伍服役，接受最嚴格的軍事教育。每天，他們要出操，要打靶，要行軍，要站崗，要把被子疊得像豆腐乾，要在五分鐘洗好一個澡，十分鐘吃完一頓飯。

為了達到上級所要求的水準，他們可以踢一個上午的正步，踢得小腿抽筋；也可以在砲火下匍匐前進好幾回，磨得兩肘出血。這全是為了要把他們訓練成最標準的軍人。

但是，除了這些正規的操練之外，竟然還遇到一些奇怪的事。有一天，班長下達了一個命令：「去，抓一百隻螞蟻，要五十隻公的，五十隻母的。」人的眼睛又不是顯微鏡，哪裡分得出公母？然而，命令就是命令，不容你申訴辯駁，真是「秀才遇見兵，有理講不清」。

有時，班長心血來潮，叫你帶著圓鍬就地挖一個六尺闊六尺長六尺深的散兵坑。你費了九牛二虎之力好不容易達成任務時，班長卻輕鬆地說：「現在，把它填起來！」一霎時，你真會氣血沖天。可是，你不能反抗，這是命令，軍人以服從為天職。是不是班長故意跟你過不去，要整你呢？不，他說得好：「合理的事是訓練，不合理的事是磨練。」戰場上講究絕對服從，絲毫猶豫抗拒，都可能影響整個戰局，關係生死勝敗。所以，新兵入伍，老兵總要找些歪點子來磨磨他們的火氣和耐性。

有很多人就問過我這個基督徒：「既然神愛世人，為什麼還要降下這重重的苦難？」真的，這個世界上似乎不合理的事太多了，為什麼有的人一生清白，本分做人，卻屢遭各種惡運和打擊？為什麼誠實的人常受人欺騙，善良的人受人欺壓；而惡人卻逍遙法外，好運亨通？

你問蒼天，蒼天無語，你只有怨自己命苦，怪老天不公平。其實，「萬事都互相效力，叫愛神的人得益處」，人生的戰場不就如那位老兵說的一樣嗎？「合理的事是訓練，不合理的事是磨練。」

訓練，使我們守紀律，講禮義，知書達理，明辨是非，成為一個堂堂正正的人；磨練，卻使我們不畏苦，不懼難，勇往直前，堅忍不拔，使我們生命放光，生活發熱。

主，幫助我做一個勇敢的人，

但不是逞強鬥勝的血氣之勇，
不是強出風頭的匹夫之勇，
不是未經大腦的一時衝動，
不是為造英雄形象，留名千古。
而是——
面對失敗勇於承擔，
面對錯誤勇於反省，
面對苦難而不氣餒，
面對失意而不沮喪。
面對邪惡，
能夠仗義執言；
面對不平，
能夠據理以爭；
面對需要援手的地方，
也絕不畏縮退後。

教我不怕困難，不逃避責任，
不吝於付出，不計較得失，
不取笑他人的無知，
不誇耀自己的聰明。
教我有力量抵擋各樣的罪惡，
世俗的誘惑，
眼目的情慾，
在百般的試煉中，
仍給我堅持的勇氣。
教我活要活得光明磊落，
死要死得坦然無懼。
而我的主，
有一天當我面對十字架的犧牲與奉獻時，
求祢給我當年祢所具備的勇氣，
勇敢地走向各各他之路。

# 大路．小徑

親友開車帶我出去兜風。車子穿出市區，開上新修的高級公路。哇！這條路好寬好直呀！車碼跳到八十，車子像箭一樣地射出去，風呼呼地響著，頭髮都吹直了，太暢快了！

然而，走了一程又一程，我的新奇感與刺激感漸漸減退了。路，還是一樣的平坦舒適，但單調毫無變化的行程卻令人生厭乏味。

忽然，我想起一條小徑。那是二十多年前一個初夏的午後，我瞞著母親，帶著六歲的大弟和三歲的小弟偷偷溜出後門，順著屋後的田間小徑向不可知的遠方走去，心中有種莫名的緊張和喜悅！

小徑一路蜿蜒向前，路邊有小花搖曳，草間有蚱蜢跳躍，兩個弟弟一會採花，一會捉蟲，忙得不亦樂乎！經過長長一方池塘，開滿一池的鳳眼蓮，深紫色的花朵像是一大匹華麗的織錦緞鋪陳在原野。池中有搖著尾巴的小蝌蚪，嘓嘓叫的青蛙，把個胖小弟吸引得蹲在旁邊捨不得走。

路走盡了，我們就走田埂。姐弟三人手牽手，小心翼翼地走著，結果小弟沒注意，一腳踏空，翻到山溝裡；我嚇得手腳發軟地爬下去。還好，溝底是鬆鬆的土，他一點事也沒有。好不容易把他拖上來，我已經累出一身大汗。

接著，來到小溪邊，我們脫了鞋，涉水而過。溪水清涼柔滑，好舒服，大弟樂得大叫：「哇！好像腳丫子吃枝仔冰！」我們來來回回走了好幾趟，直到太陽偏西才意猶未盡地回家。儘管這次小小的探險事後換來母親一頓好罵，卻使我們姐弟三人興致盎然，久久不能忘懷。

人生的道路也是如此。有時候，平坦康莊的大路固然安全舒適，但曲折的小徑卻更能開闊我們的心境，帶給我們一些意想不到的情趣，即使是一些小小的驚險，也都將化為甜蜜的回憶。

主啊！
祢總是在那裡。
在玫瑰花的綻放中，

在夕陽瑰麗的餘輝中，
在孩子純真的笑靨中。
主啊！
祢讓我們看到祢總是在那裡。

在小鳥清脆的歌聲中，
在小溪曼妙的流水中，
在母親慈愛的呼喚中。
主啊！
祢讓我們聽到祢總是在那裡。

在每一個關懷的眼神中，
在每一雙伸出救援的手中，
在每一顆憂傷痛苦的心靈中。
主啊！
祢讓我體會到祢總是在那裡。

哦，我的主，
教我細細地觀看，
慢慢地聆聽，
用心地體會，
我就知道，
主啊！
祢總是在那裡，
祢永遠在那裡。

# 雲的故事

去年夏天，曾有一度我的情緒陷入最低潮，加以坐骨關節劇痛，整整有三個月時間幾乎什麼事都不想做。有天傍晚，我獨坐窗前，夕陽在山邊染成一片豔紅，青翠的山崗蒙上一層似霧非霧的薄暮，一聲清脆的鳥啼自林中拔聲而起，忽然，我心中一動，天這樣高，地這樣闊，我那一點小小的苦惱算得了什麼呢？我們一生，總免不了因為一些打擊而消沉，一些失敗而灰心，或是人事干擾，事業不順，感情挫傷，身體病痛等等，在在都令人心力交瘁，萬念俱消！

這時，我們不妨把眼光從身邊挪開，把我們的心投入大自然吧！看看大海的遼闊，潮汐漲落；看看藍天白雲，平疇綠野，還有那小橋流水，鳥唱蟲鳴。這個世界處處都表現了生命交替滋長的痕跡，一種和諧的美！

雖然，洪水會淹沒小溪，暴雨會摧殘花木，烏雲會掩蓋天空，怒潮會沖毀沙灘。然而，當這一切過去，小溪仍然宛轉，花木仍然扶疏，天空仍然蔚藍，沙灘仍然平滑光潔。那些破壞斲喪都已了無蹤影，沒有誰能真正受到傷害。

南太平洋的一個小島，有一次毀於火山爆發，火山的熔岩像熾熱的鐵漿一樣，滾滾而下，覆滿全島。不僅鳥獸絕跡，而且寸草不生。大家都說，這個島已經「死」了。

一年之後，生物學家無意中在島上發現了一朵小野花。也不知是海潮漂來的種子，還是飛鳥經過遺下的，總之，它就在堅硬的石灰岩層上扎了根，艱難地開了一朵小花。給這個焦敝的小島帶來一線生機。隨後，僅僅幾年的工夫，這座小島重又花香遍地，綠草如茵，又成為海鳥與小動物的樂園。

人也是一樣，有時你以為自己走入絕境，然而，等事過境遷，你就會發現許多事往往不如當初想像的那麼嚴重，只要我們不把自己老陷在回憶的泥沼中，讓懊惱、悔恨、憤怒不斷折磨自己，我們總會脫出困境的。

張秀亞女士曾在《北窗下》一書中寫道：「當你煩惱時，多看看雲吧！雲會告訴你，一切都會過去的。」是的，一切都會過去的。時間的巨輪總會輾過最崎嶇的日子。

哦，主。

如果祢把那張藍紙給我，

我便以風做筆，雲做墨，
揮灑自如。
有時寫一筆于右任的草書，
有時畫一幅張大千的潑墨；
有時我乾脆偷一點太陽的汁，
合一些玫瑰的朱，
丁香的紫。
西天的傍晚，
大膽把它潑下，
濡染一片瑰麗。

哦，主。
如果祢把山野間的風聲、雨聲，
殘荷滴露聲都給我，
我便用蘆為笛，竹為簫，
大地為琴。

或吹一曲高山流水，
或彈一闋雁落平沙，
或奏一首梁在平的〈春江風月夜〉。
若是還有鳥聲啾啾，
蟲聲唧唧，
小溪鼓瑟般的叮噹，
我便合成一首天籟，
呈現給祢。

我的主啊！
若是祢願意，
就讓我也化作油彩中的一滴，
音符中的一個，
將我生命的尊榮和華美，
在祢眼前，
一展無遺。

# 新

我們喜歡初生的嬰兒，因為他代表一個新生命。而垂垂老者卻給人日暮西山、油盡燈殘的感覺。

我們喜歡樹枝上勃發的新芽，那表示春天已經降臨，而落葉卻讓人傷感秋風瑟瑟，不盡的淒涼蕭索！

我們也喜歡新的年度，又可以立下許多新的目標、新的計畫、新的理想（不管將來是否能夠實現）。而一年終了，卻令人感慨歲月匆匆，時光不再。

新、新、新，人類最是「喜新厭舊」的動物，我們喜歡一切新穎的、新奇的、新鮮的事物。

所以，空地上不斷有新房子在蓋，馬路上不斷有新型車在跑，商店裡不斷有新產品出售，學術界不斷有新的著作出版，科學界不斷有新的發明問世，一切都是新。我們喜歡新的改變、新的突破、新的發現！

所以，科技日漸發達，文明日益進步。

我們可以登陸月球，探一探廣寒宮的真相，擊碎那古老美麗的神話。

我們可以用試管「製造」一個嬰兒，改變自然生產的程序，讓老祖宗瞪目結舌。

我們也可以朝發夕至，藉著便捷的交通工具，到世界各國訪問，領略他們的民情風俗。

然而，很多時候，我們必須為了修建一條新的馬路，不得不放棄一座百年古厝。

為了新工業的不斷發展，我們無可避免地污染了我們賴以生存的天空、水源和錦繡大地。

新思想、新觀念也在不斷衝擊著舊文化、舊道德，而在不知不覺中，我們也往往失落了許多美好的傳統。

於是，因著這一切的新，無形中也造成了新的破壞、新的衝突、新的混亂、新的迷失！

這個世界仍然有仇恨、有黑暗、有戰爭、有飢餓。仍然國與國攻打，民與民相爭，我們活得一點也不比古人幸福。

因為，在這一切的新中，只有人，仍然是「舊」的，我們依然停留在亞當時代，一點沒有改變。
我想，主要的癥結大概就在這裡吧！

哦，主。
當地球不停地轉動，
每一個新的今天，
逐漸變為舊的昨日，
每一個昨日逐漸無聲無息地消失。
而我們，
千千萬萬年以來，
仍然停留在亞當身上，
我們的心中，
仍然有貪婪、有自私，
仍然有嫉妒、有怨恨，
我們的世界仍然有悲劇演出，
我們的眼淚仍然流個不停。

有一天，
當我們野心勃勃地向浩渺的宇宙進軍，
征服了金星、土星，無數的星球。
但是，主啊！
我們什麼時候才可以征服自己的「內太空」？
有一天，
醫學或許進步到能夠為人類換腦、換心、
換一切的器官。
但是，主啊！
我們什麼時候才可以為自己換一個新的生命？

主，除非祢能幫助我們，
用祢的光明逐退我們的黑暗，
用祢的聖潔洗滌我們的污穢，
用祢的慈愛化解我們的仇恨，

用祢的公義平息我們的紛爭，
用祢的和平消除我們的暴戾，
用祢——藉著祢兒子的生命，
更新我們，
使我們的生命一天新似一天，
一天勝似一天。

# 靠主剛強

許多初次見我的朋友都會訝然發現我的面色一點也不像個久病之人。的確，別人只見我坐在那裡，神清氣爽，面色紅潤，何曾有一絲病容?有位朋友曾說：「妳一定是保養得特別好。」我笑了。我確實是保養得很好。但，那並不是指我吃得比別人更好，穿得比別人更暖而已。而是因為我心中有主，祂親自用恩典餵養我，使我的生活充滿了喜樂平安，雖苦猶甜，雖軟弱猶堅強。《聖經》上說：「祂替代了我們的軟弱，擔當了我們的疾病。」如果我們都能將自己完全交託給神，還有什麼可憂慮煩惱的呢?

誠然，生命對我是十分艱苦的，然而，也正因為如此，才使我更體會到生命的可貴。我了解上帝之所以容許災難降臨到我們身上，為的是要我們從痛苦與患難中學習我們應學的功課。凡是有價值的東西，件件都須代價，苦難是唯一鍛鍊我們信心和人格的工具。

我們中國有句俗話：「盡人事，聽天命。」天命者，上帝之旨意也!我們只要盡了自己的本分，不負上天所賦，也就夠了，人力所不能及之處，就交給上帝吧！

很多時候，我們捨不得放下以前的擔子，對於未來尚未臨到的擔子又往往提早背負，層層重擔，自然覺得苦不堪言了。

人生的旅途不盡是康莊平坦的大道，更多的時候我們面對的是一條崎嶇曲折、狹窄險阻的小徑。但是，只要我們知道有主與我們同在，我們即有勇氣前進，即有力量奮鬥，即使行過死蔭的幽谷也不怕遭害。正如《荒漠甘泉》上寫的：「這是一條又悲傷又歡樂的道路；有試煉，也有勝利；有爭戰，也有凱旋。路上時常會遇到困難危險，拳打掌擊，逼迫誤會，煩惱苦楚，然而靠著愛我們的主，在這一切的事上，已經得勝有餘了。」

作為一個基督徒最大的福分，就是即使我們失去了一切，也仍然有主可以憑藉，有主可以依靠，有主可以安慰。「在無可指望的時候，因信仍有指望。」為此，我不該獻上比別人更多的感謝嗎？

主，謝謝祢！
謝謝祢在一千九百多年前為了我、
也為了所有的人類降生到這個世界來。
主，謝謝祢！

由於祢的降生，
使我們明瞭什麼是愛，
什麼是平安和喜樂。
主，謝謝祢！
由於祢的降生，
給了這個混亂罪惡的世界帶來了光明和希望。
主，謝謝祢！
由於祢的降生，
給了憂傷痛苦的心靈帶來信心和安慰。
主，謝謝祢！
由於祢的降生，
我們不再孤單，
不再懼怕，
也不再灰心失望；
由於祢的降生，
我們的罪得到赦免，

靈魂得到釋放，
生命永遠不死。
哦，我的主，
經歷了一千九百多個聖誕節後，
仍然有許多人不了解祢降世為人的真義；
不明白祢的愛，
不相信祢的大能，
也不接受祢白白賜下的救恩。
主啊！
在這個屬於祢的日子，
且讓我們靜靜的思想祢，紀念祢，
並且感謝祢！
謝謝祢！為了我們——
我們所有的人類降生到這個世界來。

# 長夜漫漫

夜，在某些人的心目中，代表黑暗、神祕。的確，多少不可告人的祕密及罪惡都藉著夜色的掩護進行。

夜，對大多數的人來說，是毫無意義的，只不過提醒他們到了該休息的時間；而對那些失眠的人，夜，卻是痛苦難耐，長夜漫漫，何等寂寞孤單？

而我，我喜歡夜，它對我有份特殊親密的感情。

或許該回復到我初病的階段。我得的是關節病，睡眠對我構成很大的威脅，因為不論採哪種睡姿，都會壓迫到發炎疼痛的關節，整個晚上輾轉反側，不知如何是好。有時實在痛得厲害，就乾脆披衣坐起。此時，萬籟俱靜，家人香甜的鼾聲此起彼落。而我，獨坐長夜，關節的痛楚，心靈的孤寂，在在都令人難以忍受，委屈、痛苦、心酸、恐懼一起襲上心頭。就這樣，一夜流淚到天明。早上洗臉，往往發現眼皮都揉破了。

十六歲信主，但一開始並不十分確切認識神。直到有天深夜，我正獨自默默飲泣，突然感受到祂就在我身邊，雖然我看不見祂，聽不到祂，卻清楚地感覺到祂的存在。祂的撫慰及慈愛，使我心中豁然開放。是的，祂曾應許：「當將你的憂慮卸給神，祂必顧念。」我還有什麼可憂可懼的呢？

從此，我開始喜歡夜。我發現，越是孤單的時刻，也越是與神親近的時刻。夜幕低垂，星光在天邊閃耀，蟲聲在四野應和，天地合而為一。我在神裡面，神在我裡面；那是一種很奇妙、無法言述的滋味。寧靜、滿足而喜悅！

夜深人靜，也正是我讀書寫作的好時間，思如泉湧，下筆如飛。而當我經歷了一天的煩擾憂驚後，往往身心俱疲，我就什麼也不做，只靜靜安息在祂懷裡，黑暗中彷彿有一隻溫熱的大手將我整個包容覆蔽起來。

夜，是那樣靜謐而甜美；我愛夜，也享受夜。

拜倫曾說：「沒有哭過長夜的人，不足以語人生。」我更喜歡〈詩篇〉上那句：「一宿雖然有哭泣，早晨便必歡呼。」

是的，長夜之後，曙光即臨。

主啊！

今夜，明月如霜，
好風如水，
在這樣一個美麗而安靜的夜晚，
我感到特別與祢親近，
特別甜蜜。

然而，主，
就在今晚，
我也知道多少人輾轉反側，
無法成眠。
他們有許多憂傷不知該向誰傾訴，
他們有許多困難不知該找誰幫忙，
他們有許多空虛不知用什麼來填補。

主啊！
人造的物質文明已經到了登峰造極、

無所不有的地步，
但是人類心靈的世界卻是越來越荒涼。
許多人忙著賺錢，
也忙著享受；
他們沒有時間去關心別人，
沒有時間去安慰別人，
也沒有時間去了解別人。
在這個充滿疏離感的時代，
多少人寂寞的活著，
寂寞的死去。

主啊！
在這個有月光，
有清風的夜晚，
求祢做他們生命的救主。
憂傷的求祢安慰，

軟弱的求祢填補。
也巴不得讓我們每一個都明白，
一生一世，
只要有祢同在，
我們永不孤單。

# 生命的極限

我常常想，生命有沒有一個極限？中國自古以來就把「殘」與「廢」兩個字接連在一起使用，好像殘者即廢，無可救藥似的。在我認識的許多傷殘孩子中，就有這種觀念，因著身體上的一點點缺陷而自怨自嘆，自暴自棄。我總喜歡告訴他們三個故事：

輪椅小畫家張惠明全身癱瘓，小兒痲痺症像一具抽氣筒似地抽走了她全身的力氣，只剩下左手三根指頭可以活動，她就利用這僅餘的三根指頭畫出許多栩栩如生的仕女圖，教那些十指健全的人看了都驚佩不已！

而美國一位玖妮小姐比張惠明的情況更加糟糕，她在一次意外事件中折斷頸骨，自頭部以下完全失去知覺，一動也不能動。然而她竟然用牙齒咬著筆學習作畫，如今她的畫卡行銷世界各國，而且在藝壇有著相當高的評價。

不過若以日本的水野源三先生來比較，前兩位小姐又都相形見絀了。水野先生在十歲的時候因高燒導致腦痲痺，不僅失去行動的自由，手腳也不能動彈，更糟的是他也無法開口講話，似乎命運注定他這一生是個廢人了。

所幸的是他的聽覺和視力都還未受到影響，他就每天默默地看書、聽廣播、讀《聖經》。但因他全身都不能動，又無法用語言表達自己的意念，這成了他學習的最大障礙。然而窮則變，變則通，靠著母親的幫助，利用辭典上所印的字母圖表，由他母親順著次序一個個向下指認，遇到他所需要的字母時，就用眼睛示意，他母親便立刻記下來。就這樣慢慢拼成一個字、一句話、一段文章。

經過長年的磨練，他不但自學成功，而且作了許多扣人心弦的詩。每首詩都活潑清新，充滿了對生命的信心、盼望及熱愛，以及對造物主的感恩及讚美。女作家三浦綾子評為「清澈優美無比」，而讚不絕口。有誰相信這是出於一位近乎「活殭屍」的人所作的呢？

他們三位都是基督徒，都從神那裡得著生命的祕訣，相信靠著那加給力量的，凡事都能做。而上帝的榮耀也在人的軟弱上完全彰顯了出來。

你看，生命有極限嗎？

你可能知道你的身高，

你的體重，
你眉眼的位置，
你指節的長短。
然而，你卻不知道，
你的韌力有多強，
你的能力有多大，
你的潛力有多深，
你的耐力有多久；
你能學多少，用多少，
愛多少，付出多少，
原諒多少，發揮多少，
除非你嘗試。

我們的愛心，
都是從最不可愛的人身上培養出來的；
我們的信心，

都是從一次次失敗中學習出來的；
我們的忍耐，
都是從最不堪的環境裡磨練出來的；
我們的潛力，
都是從最大的壓力下發揮出來的。

我們不斷摸索，
不斷學習，
不斷發現，
不斷獲得，
不斷為克服重重難關而殫精竭慮，
不斷為經歷一個新的里程而歡愉。
就在這不斷的挑戰中，
將我們的生命的極限擴展至無限，
我們的力量和愛，
也無限。

# 長跑精神

我國旅美長跑小將——世界兒童一萬公尺及馬拉松紀錄保持者——蒲仲強暑期回國，造成一股旋風，掀起全民運動的熱潮，對長跑的興趣以及對健康的認識，這未嘗不是意料之外的收穫。

或許有人以為蒲仲強小小年紀有這樣的成績，一定是天賦異稟，體力超人。其實錯了，他和任何普通的孩子一樣，只是經過了有計畫的培養以及持之以恆的訓練。最重要的，據他的父親說，蒲仲強賽跑時，總是全心全意，心無旁騖，即使快要抵達終點，勝利在望，也毫不放鬆。我想這種集中意志、全力以赴的精神，才真正是他一再締造世界長跑紀錄的成功祕訣吧！

不久前，紐約舉辦的世界馬拉松大賽，全長二十六英里，共有全球五十三國代表、五大洲的佼佼者，以及全世界最優秀的男女運動員共一萬四百人與賽，蒲仲強以二小時五十五分五十九秒的成績創下了人類史上第一個突破三小時大關的十歲以下的運動員，抵達終點時，十餘萬人為他歡騰，呼聲震天。

當天，由於天氣燠熱，加上途中五個大坡道，許多人都體力不支，有的半途昏倒，有的半途退出，而年僅九歲的蒲仲強，儘管腳上磨了一個大水泡，卻忍著疼痛，一路堅持到底，贏得在場所有人士一致欽佩和讚揚！

我特別欣賞他的父親蒲大宏博士的一段話：「馬拉松是反映人生的大戲劇，有淚有歡呼，有艱鉅的邁步，有不屈不撓的精神，有意志和體力結合的大演奏，反映著人生和人類的歷史，也反映著人性的光輝，誰是第一名？每個人都是第一名；什麼最可貴？參加的精神最可貴。」

是的，在人生的競賽場上，我們可能跌倒，可能受傷，但讓我們永遠做一名與賽者，因為，唯有奔馳的人才知道流汗的舒暢，才體會人生的美麗。

主啊！如果人生是一場田徑賽跑，
求祢讓我們不要回顧，
不要停留，忘記背後，
努力向著標竿直跑！

主，教我們忘記自己的缺點，
無論這些缺點是先天，
還是後天環境促成，
都不必記掛在心，
因為天下沒有十全十美的人，
我們毋須顧影自憐，
也不必自卑怯懦，
只要多發揮其他方面的特長，
不使這些缺點成為我們生命的累贅，
使我們在奔跑的路途上猶豫退縮。

主，教我們忘記自己的過犯，
讓我們從過犯中更加認清自己，
警惕自己，
而不是讓它成為我們心理的重擔。
同時，也請給我一顆足夠寬廣的心，

去忘記別人的過犯，
不要把他人惡意的批評，
中傷和誹謗變成我們路上的絆腳石，
除非我們能寬恕，
如同祢寬恕我們一樣，
我們才能一無掛慮地向前奔馳。

主，更教我們忘記自己的失敗，
人生在世，
總免不了遭遇一些挫折和打擊，
讓我們從失敗中獲得教訓，
卻不因失敗而氣餒消沉，
也請賜給我們足夠的幽默感，
來化解生命中那些羞辱難堪的場面。
如果人生是一場馬拉松，
如果我們注定要遇到許多障礙，

那麼，親愛的主啊！
就讓我們跳過它，
衝過它，越過它，
我們不要祢挪去面前重重的難關，
只求祢給我們超越的信心和勇氣，
以及堅持到最後一刻的恆心和耐力。

註：禱詞部分取材於周聯華牧師著〈忘記背後〉一文。

# 事在人為

在我所認識、輔導的傷殘孩子中，大部分經過開導鼓勵後，都能奮發上進。如今有的已做了公司的總經理，有的成了名編劇家。看到他們的成就，常令我欣慰不已。我常說，我的幫助有限，主要的還是靠他們自身的振作和努力。

然而，我也有失敗的時候。去年有位年輕人來找我，告訴我他的弟弟由於患坐骨關節炎而意志消沉，整天躺在床上不動，把自己與外界隔絕。我第一個想到的就是他這樣長期躺臥不動，一定會造成坐骨關節和脊椎骨強直僵死的現象，整個人就像木板似的直挺挺的不能坐，不能彎腰，走起路一跳一跳如同「殭屍」一般，因為國瑞弟就是前車之鑑。我非常著急，立刻寫信勸他，並且寄了一些勵志讀物，更請了國瑞弟親自去看他，希望以「現身說法」來激勵他。可惜我們的心血全白費了。他對我的信置之不理，又把國瑞弟趕了出來。最近聽說他的情況果然被我不幸而言中，真是令人又痛惜又感嘆！明明是可以挽救的局面，卻被他自己放棄了。

其實，環境不是不可以改造，命運不是不可以扭轉，主要是看你秉持哪一種人生態度。在我們四周就有很多成功的例子：

大企業家蔡萬才先生，是國泰關係企業的負責人。事業龐大，家財萬貫。但可曾有人知道他年輕時曾是萬華菜場賣菜的小販？

名歷史學家許倬雲博士，曾任台大歷史學系系主任，著作等身，望重士林。但可曾有人知道他先天殘障，兩腿不良於行，經過艱苦的「心路歷程」，才有今日的成就？

名法學專家李志鵬博士，曾任教授、律師、立法委員，精明幹練，年輕有為。但可曾有人知道二十餘年前他是中山堂門前站崗的小衛兵？

名作家司馬中原先生，原是行伍出身，大字識不得幾個。有次他自嘲說，初習寫作及投稿時，許多字不會寫，就以「S」符號代替，怪的是刊出來時都是正確的。

有「飛躍的羚羊」之稱美譽的紀政小姐，曾創下世界女子徑賽五項紀錄，舉世聞名。但可曾有人知道她小時候窮得連吃一個雞蛋都要考慮，一雙球鞋都買不起？

古人說：「天作孽，猶可違，自作孽，不可活。」人生在世，總難免會遭遇一些意外災禍，人力不可抗拒的危難損傷，或環境的蹇困，或身體機能的限制。然而，憑藉著我們的意志和毅力，力爭上游，終必能突破障礙，有所作為。唯有屈於現狀，自暴自棄，才真是無可救藥、死路一條啊！

主啊！
每當我們低頭觀望，
只看見自己的不幸和軟弱，
流血的創口，
受傷的心，
我們就自哀自憐，訴苦埋怨。

主啊！
每當我們轉頭向四周觀望，
只看見別人的歡笑和成功，
也不管他們曾經付出多少心血努力，
只覺得又嫉妒又懷恨。

主啊！

每當我們回頭向後觀望，
不是為過去的得意而沉醉，
就是為過去的失意而追悔，
蹉跎了大好時光。

我的主，
求祢不叫我們看這些，
只抬頭一心仰望祢，
透過漫天風暴，
層層陰霾，
深知祢的慈愛，
必如雲上的太陽，
永不消逝。

# 這一條路

這一條路，短短不到二百公尺，鋪著柏油路面。路的一邊是雜草叢生的山坡，坡上有幾株野桐和相思木。路的另一邊是幾棟相連的大樓，住了許多早出晚歸的人。這一條路，既不平坦康莊，也不曲折幽靜，只不過是社區中的一條小路，普通得不能再普通。

搬到這裡四年多，這條路來來回回走了不知幾千趟，從來也不覺得它有什麼特殊之處，甚至可以讓人佇足欣賞的地方。

每天清晨，天尚未大亮，就看見許多上班、上學、上工的人匆匆忙忙趕車，運步如飛，誰也沒有時間觀風賞景；深夜，大家又拖著勞頓的心、疲乏的腳步回家，低頭疾走，也沒有誰有心情抬頭仰望一下天空的星星。他們——不，應該說我們，都只是一些過路的人。也許，這就是現代人的生活，披星戴月，來去匆匆。有位坐了幾年辦公桌的朋友說，他幾乎想不起太陽曬在身上是什麼滋味了！

有一天，一個兩歲的小小男孩從這條路上經過。他從路旁拔起一根酢漿草，小心翼翼地放在鼻子上聞，不過是朵貌不驚人的小野花，當然也不會香，他卻讚嘆地說：「漂亮的花！」看到地上一個小水坑，積留一坑前夜留下的雨水，他一腳踩下去，「吱」的一聲，水花四濺，冰冷的水花濺得他滿頭滿臉，帶給他一種莫名的興奮。一路過去，凡是有水坑的地方都要照踩不誤，樂此不疲。

樹上有不知名的鳥在叫，他也繞著舌尖「咕嚕嚕」地學，也知道自己學得實在不像，卻樂得哈哈大笑，彷彿天地之間再也沒有比這更快樂的事了。

路邊有一隻小蝸牛，又吸引了他的注意力，他蹲下來，仔細地打量牠，研究牠，用手輕輕地觸摸牠。看著牠伸出小觸角慢慢爬行，仍然弄不明白這是什麼東西，只好大著嗓門問：「牠是誰呀？」

這一條路，我們走過千百回，漠然地來，漠然地去，但在一個孩子眼中，卻是這樣逸趣橫生。他每天都要出去兩趟，每次都有不同的發現，不同的樂趣。

哲人曾說：「從一朵花可以看見天堂。」但你必須心中先有天堂，才能看到其中的真和善，愛和美；在這一方面，一個兩歲大的小小孩，都懂得比我們多。

主啊！

當文明越進步，科技越發達，
而不知從什麼時候開始，
我們的心卻逐漸老邁，
感情卻逐漸遲鈍了。
我們不再為春天樹梢的一抹新綠而驚訝，
不再為夏日夕陽的瑰麗而讚美，
不再為秋夜明月的清輝而懷古幽思，
也不再為寒冬的蕭索冷寂而緬懷傷感。

我們不再為一本好書感動，
不再為一首動人的曲子陶醉。
我們的眼睛不再溫柔，
心思不再細膩。
太多的時候，
我們也已經忘記怎樣哭、怎樣笑了。
我們只是機械而刻板地活著，

任憑春去秋來，
花開花謝。

然而，
創造天地的主啊！
祢可以使春花再生，
麥子復活，
求祢也在我們的生命裡面，
注入一點生機，
好叫我們的心重新年輕，
感情重新敏銳。

# 夏日情懷

在亞熱帶，幾乎沒有人喜歡八月；它代表的含義似乎就是驕陽、暴雨和颱風。

一想到那炎熱如火的陽光，曬得人皮膚發痛，到處蒸騰著熱氣，烤得人昏昏欲睡，連馬路上的柏油都快融化了，你只想趕快找間冷氣屋子好好休息，什麼事也不要做。還有那突如其來的暴雨，往往淋得人措手不及，多麼討厭！最可怕就是颱風了，呼嘯而過，樹倒屋摧，滿目瘡痍，生命財產的損失，提起來就叫人不寒而慄！

只除了孩子，他們是不討厭八月的；不，他們簡直喜歡。八月，正是放假的日子，沒有功課的壓力，（暑假作業留到開學前再趕吧！）沒有老師的督促，甚至父母也放任不加管束，真像放出籠的小鳥，取下轡頭的野馬，好不自由自在！什麼驕陽、暴雨、颱風？去它的！

太陽大有什麼關係？趁著大人都熱得躲在屋裡不敢出來的時候，這個世界就全是我們的了。聽聽滿樹的蟬鳴，找根竹竿，黏點蛛網，抓牠幾隻下來玩。怪的是這些蟬在樹上都叫得很快活似的，一抓下來就成了啞巴，有時只會「吱」的一聲屙你一手髒東西。

柏油路燙腳有什麼關係？照樣可以賽跑，可以踢石子，可以扯著喉嚨互相廝殺，大戰三百回合。要不就到小河溝淌水，混水摸魚，打水仗，不勝無歸。就算曬它一頭一身的痱子和熱癤子，又算什麼？（只注意別把衣服弄得太髒，回家挨媽媽的罵！）

下雨天最好玩了，「淋漓盡致」是什麼滋味你懂嗎？問問孩子吧！傾盆大雨兜頭澆下，雨水像小蛇一樣在身上流竄，仰起頭，伸開臂膀，張大嘴巴，讓雨水都進來吧！多麼涼快！多麼痛快！雨過天青，還有彩虹，美麗的七色橋，那是專門給天上的神仙走的！

颱風有什麼可怕的？樹倒了可以扶起來，屋破了可以修補，有什麼可憂慮的？只有大人才想不開，小孩是不會愁的。神給了我們四季，好讓天地有序，生生不息；何況，夏天的晚霞最璀璨，夏天的水果最豐盛，夏天的綠野草木蔥蘢，夏天多好！

對了，夏天的夜晚也最迷人，繁星點點，流螢出沒，蟋蟀唱著歌，青蛙打拍子。沒事做，講幾個鬼故事吧！吊死鬼，白無常，血紅的舌頭拖好長，瞧！你身後正伸過來一隻手，「哇！媽呀！鬼來了！」沒命地逃呀！恨不得有四條腿。哈哈！真是自己嚇自己，又緊張又刺激！

八月過去，夏天結束，孩子一年年長大，開始懂得憂愁煩惱，變得世故老成，從此就再也享受不到這種完全單純的滿足和快樂了！夏日情懷，早已湮沒在遙遠的記憶中，只偶爾從另一個孩子身上，依稀看到你當年的影子。

主啊！我不懂，
祢是用什麼造玫瑰？
用絲綢嗎？
用錦緞嗎？
我只知道再華麗的絲綢和錦緞，
也比不上一朵玫瑰的嬌柔細緻！

主啊！我不懂，
祢是用什麼造夕陽？
用黃金嗎？
用寶石嗎？
我只知道再名貴的黃金和寶石，
也敵不過夏日夕陽的璀璨光耀，

主啊！我也不懂，
祢是怎樣造小鳥的歌唱，
雲天的變幻，
七色的彩虹；
還有母親臉上的慈藹，
情人眼中的神采，
孩子心中的純真？
我更不懂祢是怎樣造生命和愛，
以及柔和謙卑的心？

主啊！我實在不懂，
祢創造的奧祕，
我只知道祢使這一切自然和諧，
充滿了祢的智慧和恩典！

# 母親的臉

那年，我的大弟剛考上大學，儘管他長得快跟門一樣高了，但媽媽仍把他當做初次離家的小男孩，臨行一再叮囑，要多寫家信。誰知我這個弟弟初當新鮮人，對什麼事都新鮮，加上他交遊廣闊，人緣又佳，學校裡大大小小的事都有他的份。因此，家信從初去的一星期一封，而漸為半月一封，一月一封，到最後只剩下明信片上幾個大字：「親愛的媽咪，經濟大恐慌，請緊急支援。」媽媽又氣又無奈。

放暑假了，弟弟提著大包小包的髒衣服回來了，媽媽看見他，忍不住氣往上湧，狠狠拿眼瞪他：「不要錢不知道寫信回來是不是？再忙，寫兩個字的時間都沒有？」然而，看到愛兒歸來，又抑不住心中的喜悅，不知不覺嘴角就笑開了。我在一旁竟看得怔住了，我從來不知道一張臉竟然可以同時具有兩種不同的表情，上半臉是嚴厲的、責怪的，而下半臉卻是欣喜而慈愛的。怪的是兩者一點也不衝突。

另一張臉也是我難忘的。算起來也有十年了。有天，媽媽在廚房做飯，我搬了張椅子在旁邊幫著摘菜，一面和媽媽聊天。突然後門傳來一陣輕輕的敲門聲。打開門，是一位中年婦人，平實多皺的臉，灰色泛白的布旗袍，腦後梳了個小巴巴，正畏縮不安地站在外面。看到我們，羞慚得連頭都不敢抬，囁嚅了半天，才說出來。

原來，她有一個男孩在建中就讀，但是因為家中孩子眾多，丈夫是士官，長年臥病。雖然上面還有一個大男孩，卻服兵役去了，全靠她每日替工廠糊火柴盒賺一點錢，勉強生活，實在沒有多餘的能力再供養孩子念書。可是這個男孩特別聰明上進，做母親的又不忍心耽誤他，只有等孩子上學去了（她怕孩子知道，傷了自尊），厚著臉皮，躊躇又躊躇，挨門挨戶看看是否有誰可以濟助一點的。她怕我們不相信，還把戶口名簿、眷補證、孩子的成績單都拿出來給我們看。我們也是軍人之家，孩子也多，媽媽很能體會這種困窘的心情，連忙塞了點錢在她的小皮包裡，她千謝萬謝地走了！

以後，每逢開學的日子，她都會輕叩我家的後門，仍然帶著那張卑微的、怯懦的、羞慚的臉。直到兩年多後，她喜孜孜地對媽媽說，她的孩子已經考上了台大，而她的大男孩也退伍回來，可以負擔家庭，以後不會再來麻煩我們了，她是特地來道謝的！這次媽媽包了個小紅包，算是一點小小的賀意。她們在門口推來推去半天，她才不好意思地收下了。

每當我想起這張臉，心中就有很深很深的感動。因為我從那卑微中看到了偉大，從怯懦中看到了勇敢，從羞慚中看到了掩飾不住母性的驕傲。這是一張真正屬於母親的臉。

我常想，普天下的母親有千千萬，但她們的臉只有一種，那是用全然的愛和犧牲塑造的。

主啊！
我們總是把自己的心緊緊地關閉著，
使我們的世界充滿一片晦澀幽暗。
主，幫助我們開啓自己的心門。
賜給我們一點愛和同情吧！
親情的溫暖，
友誼的芬芳，
都能醫治我們心底的創痛。
一分溫柔，
幾許關切，
甚至一張友善的笑臉，

都會令我們有豐收的喜悅。

主，再請賜給我們一些仁愛喜樂
柔和謙卑的品性吧！
好逐走心中那些自私、
嫉妒、驕傲的陰影！

主，我們還需要收集——
一點大自然的風光，
玫瑰的花香，
小鳥的歌唱，
星光的閃爍，
好裝飾得我們的心不再蒼白單調！

我的主，更求祢幫助我們，
走出自己的世界，

帶著微笑和祝福，
也去叩敲那些仍然緊閉的心門。

# 寬恕的功課

我從來不知道，寬恕是這樣難學的一門功課。

也許，我從小到大，一直都生活在幸福的環境中，父母愛我，兄弟姊妹友待我，朋友關心我，甚至許多陌不相識的朋友，也特別體諒我，而賜予同情和安慰。太多的愛心與溫情，使我未曾接觸到人性陰暗的一面。

沒想到去年突然「閉門家中坐，禍從天上來」，因為某件事而引起一場莫須有的糾紛，飽受各樣的誤解、中傷、以及威嚇、屈辱，甚至匿名信的謾罵等等，一時之間真使我痛苦到了極點，而這一切竟出於我最信任、最尊敬的朋友。

那段時間，我寢食難安，氣憤難消，坐骨關節也因為情緒的影響，大痛特痛起來，身心飽受摧殘。尤其讓我難過的不是金錢上的損失，也不是精神上的折磨，而是人心的可怕，我不僅痛心，簡直感到寒心了。

有一度，我氣得想上法院告一狀，或是開記者會，公布事實真相，內心掙扎得很厲害。只有一次次流淚祈禱，求神帶領。我也相信神是鑑察人心的，是非曲直祂自有公義。

我發現要解開心中的結，必須先放下怨恨、責怪、懊惱、不滿的重擔。原諒對方，這真是很難的事，特別是在受到那樣的傷害之後。但神要的就是我們「以恩慈相待，存憐憫的心，彼此饒恕，正如神在基督裡饒恕了你們一樣。」其實，我們不過都是平凡的人，都有犯錯的時候，也都有需要別人寬恕的時候。退一步，海闊天空，還有什麼值得計較呢？

一千九百多年前，我們的主耶穌被出賣、被鞭打、被逼迫，最後被釘死，祂也從無一言為自己辯解，即使被掛在十字架上，仍為世人求情：「父啊！赦免他們，因為他們所作的，他們不曉得。」這是何等的大愛，可以超越生死。先總統　蔣公，領導抗日，八年浴血奮戰，國家與人民忍受多少屈辱磨難，損失慘重，而最後　蔣公「以德報怨」，寬恕了我們的敵人，這又是何等的胸襟，何等的器度！

我一直以為自己很愛人，至此才發現實在愛得不夠，或許根本不懂。我終於可以平靜下來，不再激怒，不再傷心，也不再折磨自己，甚至可以從另一個角度重新衡量這件事。心中仍然充滿了感謝，感謝神給了我這樣一次磨練的機會，從祂那裡學習到什麼是愛，什麼是寬恕。我不敢說已完全做到，我仍在學習。我也求神寬恕我的無知、自私和心胸狹窄，同時保守我，不會因這次的打擊，而失掉對人的信任和同情，以及一顆對世界逐漸冷淡的心！

主啊！
我做不到，祢知道我做不到。
他們剛剛得罪了我，
他們曾經虧欠了我，
他們也不斷傷害了我，
主啊！要我寬恕他們，
我做不到。

他們一點也不可愛，
一點也不友善；
他們總是找我的麻煩，
總是和我過不去，
主啊！這樣的人要我寬恕他們，
我實在做不到。

但是，我的主啊！
我忘了，
我也曾經如此待祢，
多少次我背棄了祢，
多少次我遠離了祢，
多少次我否認了祢，
而祢仍然愛我。

主啊！
求祢教導我如何去寬恕，
就像祢寬恕我一樣。

# 蟬與螢

最早告訴你夏的訊息的，就是蟬。天剛剛一熱，牠們就囂張地霸住整個空間，簡直叫你的耳朵再也塞不進別的聲音。剛搬上山的第一年，我還以為誰家修理房子，電鋸的聲音，怎麼天天都響個不停，後來才知道是蟬。實在不能怪我，只因為城裡的蟬總是一隻兩隻的叫，那裡有這樣的聲勢浩壯的。

仔細聽，蟬也有很多電碼，有的是三短一長，「嗞嗞嗞，嗞——」有的是一連串的「嗞嗞嗞嗞……」但有高低不同的音波，還有一種就是那麼一長「嗞——」到底。通常都是先由一隻蟬帶頭嘶鳴，群山響應，突然之間，又戛然而止。

多麼難解的電碼，也許只有神翻譯得出。

蟬把夏日的白晝占據了，就把黑夜留給螢。牠們兩個，一個是音樂家，一個是舞蹈家。

有一晚，山上開佈道會，一家人推著我漫步在山蔭道上，忽然發現前面草地上一閃一閃的，好像有什麼東西反光，再一看，我忍不住驚叫起來，不得了，樹叢裡，草叢裡，花叢裡，全是閃閃爍爍的螢火蟲，怕不有幾十萬隻？你簡直無法計算。

是誰撒了一地的碎鑽？還是天上的星星全墜落下來了？

螢，真是夏日最可愛、最迷人的小精靈。

妹妹隨手一捉，就是一隻。一家人一下子全變成三歲小孩子，搶著從她指縫中看那隻閃著綠色光芒的小傢伙。自然課本早已還給了老師，螢為什麼發光也早已忘了，但是看到牠，仍然止不住一種不可思議的驚喜。

螢，原該是屬於兒童的世界，我們已經失落了，失落的不是螢，而是永不復返的歲月。

天很暗，路也很暗，但因為這些奇妙的小精靈，山野間一霎時變得璀璨華麗起來。螢在左，螢在右，螢在前後，螢也在心。

坐在台下，我竟然無心聽牧師說些什麼，只想到螢，想到幽暗中那些神祕的燈語，想到蘇東坡的詞：明月如霜，好風如水，清景無限。

上帝的道早已隱藏在大自然的奧祕中了。

主。
感謝祢賜給我們一個熱鬧多彩的夏日。
雖然，夏日的燠熱令人窒息，
夏日的炎陽令人疲乏，
夏日的暴風暴雨令人生畏，
夏日漫漫也令人不耐。
但是，主，
在燠熱中，
祢給了我們各色水果；
在炎陽下，
祢給了我們海灘和浪花；
在暴風暴雨之後，
祢給了我們瑰麗如同夢幻一樣的彩虹。

哦，主。
沒有被烈日炙痛的肌膚，

永遠不知樹蔭的清涼；
沒有流過淚的雙目，
也永遠看不見人間的疾苦。
祢讓這一切——
好與不好，
幸與不幸，
歡樂與痛苦，
祝福與打擊，
並列在一起，
為的是讓我們明白，
萬物都互相效力的道理。

我們的主。
請讓我們在疲乏中依靠祢，
在軟弱中仰望祢，
在患難中，

有一顆忍耐的心，
在盼望中，
有一顆喜樂的心。

# 豐收

今年，風調雨順，樣樣出產都是大豐收。

你隨便到街上轉一圈，小店裡擺的、路邊堆的、擔子裡挑的、小板車拉的，全是水果。紫水晶一樣的葡萄，瑪瑙一樣的荔枝，翡翠似的小玉西瓜，綠玉般的楊桃，還有芒果、草莓、蓮霧、香蕉、菠蘿、龍眼、甘蔗、椰子、番石榴、哈密瓜、水蜜桃、四季梨……等等。

而西瓜還分大的、小的；長的、圓的；有子的、無子的。葡萄有紫皮的、青皮的。芒果有什麼新葉種、掛綠種、糯米糍種……你簡直分不出都有些什麼品種，那是專家們的事，你只知道每樣都好吃，每樣都便宜。站在水果攤前，就忍不住給那一大堆五彩繽紛、琳琅滿目的水果弄得「意亂情迷」、目眩神移。

我原是不喜歡夏天的，夏天的熱叫我的心臟受不了，幸好夏天用了這樣多美味的水果補償我，就好像吃了麥芽糖的灶王爺，不好意思再說出埋怨和不滿的話了。

到了嘉南平原，也正是稻子豐收的時候，稻穀堆得像小山一樣高，學校的操場上、馬路邊，凡是有一角空地的，都曬滿了金子一般的穀子，一眼望去，一片黃金世界。新上市的米，打開飯鍋，撲鼻噴香，香糯可口。不用菜，都可以吃得津津有味。

農村的工人越來越少，年年都要勞動阿兵哥幫忙收割。田裡收割的收割，打穀的打穀，一同操作，一同歡笑，軍愛民，民敬軍，這又是怎樣一種和樂安詳的畫面。

當我們享用這一切時，可曾體會到這其中包含了多少農業專家的心血，研究改良；多少農人的辛勞、殷勤澆灌。也許在某一只水蜜桃上，留有某個不知名採摘女工帶汗的手澤，也許某一口飯是出於某位阿兵哥烈日下無怨尤的收割。經過了多少汗水，多少愛心，多少付出和犧牲，我們永遠不知道。我們的快樂，往往出自許多陌生者的給予，我們的獲得，往往來自許多人的默默耕耘。

我們活得多麼豐富，多麼得天獨厚！

正如同曉風在〈飲啄篇〉所寫：「一飲一啄，無不循天之功，因人之力，思之令人五內感激；至於一桌之上，含哺之恩，共箸之情，鄉關之愛，泥土之親，無不令人莊嚴。」

主，感謝祢

當天地一片空虛混沌，
淵面黝黑，
祢造了光，把黑暗分開，
於是我們有了白晝和黑夜。
祢又造了空氣，
給了我們美麗蔚藍的天空。
祢將天下的水聚在一起，
使旱地露出，
於是我們有了海洋，
以及立足的大地。
祢使大地五穀豐收，
草木欣榮。

祢造太陽，
造月亮，
造滿天閃爍的星辰，

各樣的飛禽走獸，
花果菜蔬，
都出自祢智慧的手。
最後，
祢造了我們，
照著祢自己的樣子，
為的是要我們享用這一切，
祢為我們祝福，
看這一切極其美好。

哦，親愛的主，
感謝祢所賜下的萬物，
願我們歡歡喜喜的領受，
並且細察，
祢創造的奧妙，
大能和慈愛。

# 家

家，多麼甜蜜溫馨的名字。家，不僅僅是遮避風雨的屋頂，不僅僅是倦極欲睏時的一張床，不僅僅是腹中飢餓時解決三餐的飯廳。不，這些在別的地方都可以找到。家，還多了一點點。一些愛，一些親情，一些和諧、足以令人溫暖的氣氛。

家，充滿了許多聲音。笑聲、親吻聲、嬰兒的啼哭聲、孩子們咚咚咚的奔跑聲、媽媽的叫喚聲（媽媽通常都是女高音，每增添一個孩子，音階就自動提高一度）、爸爸快樂的歌聲和口哨……當然，也有一些爭吵聲、喊叫聲、啜泣聲、皮球擊碎玻璃聲，以及一些亂七八糟讓人發瘋的噪音等等。

家，也充滿各種氣味。嬰兒身上的乳香味、媽媽的香粉味、爸爸的鬍子水味、小兒女洗完手的肥皂味、院子裡的夜來香味、廚房裡的紅燒肉味、端午節的煮粽子味……當然也有很多不好的味道，像淤塞的水溝、爸爸的臭襪子、弟弟的臭膠鞋、沒倒的垃圾、地板下的死老鼠等等。

家，還充滿許多畫面。幼兒躺在媽媽臂彎安憩的睡姿，爸爸燈下的課子、兄弟姊妹團團圍在一起吹熄生日蛋糕上的蠟燭、還有颱風天、一家人大盆小盆忙著接屋頂漏下的水……當然，也有一些怒目相對的場面，夫妻拌嘴、孩子為爭一件玩具大打出手、還有爸爸生意失敗時那一片愁雲慘霧、孩子生病時那一份憂慮焦灼等等。

家，不在乎大小，不在乎豪華簡陋，只在乎有沒有尊重、了解、體諒、安慰、關懷、信任、付出和犧牲。當然，最重要的是愛。

當你快樂時，得意時，你只想回到家，讓家分享你的光榮，你的成就；而當你痛苦時，或遭遇打擊時，你也只想趕快回家，讓家分擔你的重擔，撫慰你的傷口。家，使你在畏懼時堅強，灰心時奮發；失意時獲得勇氣，迷惘時給你信心。也不論你飄泊多久，最後想回到的還是家。家，已經在你心裡根深柢固，成為一種力量，一種精神，一種永恆的信念。

這就是家，大得足以包容一切。有一天當你回憶時，往事歷歷，你會發現，不論是好的或壞的，甜蜜的或辛酸的，歡樂的或悲傷的，美麗的或醜陋的，喜愛的或厭惡的，都已變得那樣溫馨可愛，動人心懷。你會感激，你曾擁有這樣一個家，你曾是家中的一分子。

哦，主。

我願祈求這樣一個家，
它不需要富麗堂皇，
不需要僕役成群，
只要有一個充滿愛的房子。
父母慈和，
兄弟友愛，
可以一同歡笑，
一同談心，
一同擦乾眼淚，
一同抗禦逆境和苦難。

是的，主。
只要有愛，
不論它是否簡陋寒酸，
我們可以使它溫暖豐富。

不論它是否貧困不足，
我們可以彼此激勵安慰。
雖然免不了也有摩擦，
也有不合，
我們可以相互體諒，
相互包容。
雖然免不了也有分離，
也有眼淚，
我們仍然願意忍耐，
願意盼望。

主啊！
不論這是一個多麼小的家，
也請給我們足夠的空間，
去接納那些流浪的心，
孤獨的靈魂，

疲乏的腳。
使它成為一個充滿愛，
也能夠散布愛的地方。

# 認識自己

你知道你是誰？你認識自己嗎？

你了解自己在家庭及社會中所擔負的角色嗎？你是否在生活上常為做錯一件事而耿耿於懷，也會在自己軟弱時，抹殺自己的一切優點？

每個人一生中，通常都會同時擔任好幾種不同的角色。在家裡可能是兒子或女兒，兄弟或姊妹，但也同時是別人的父親或母親，叔叔或阿姨。你可能是公司的小職員，而又在夜間念書的學生，你也可能具有多方面的愛好，是合唱團團員、籃球隊員或是話劇演員。

你的性格由於生活背景及家庭環境的不同，先天後天的塑造影響，可能豪邁勇敢或小心謹慎，滿懷信心或畏懼怯懦，固執跋扈或溫馴解人。你的生活態度，可能野心勃勃或隨遇而安，心平氣和或急躁衝動，樂觀或悲觀，外向或內向。

你或許是很獨立，肯信任別人，有宗教信仰，在任何環境或景況下，對自己都能有一個妥善的安排，生活上自得其樂的人；但你也可能是一個依賴心很重，喜歡猜疑，嫉妒小器，既不肯相信別人，也不肯相信自己的人。

很多時候，你可能非常誠實可靠，很具責任感，但偶爾也不免想偷偷懶，占別人一點小便宜。總之，你不可能十全十美，有時也會犯錯，這時，你必須重新檢討你的生活方針，做一番校正。

一個只關心自己的人，常貪婪地想要得到一切，竭盡所能的去奪取，不顧別人的利益或感受，也因此往往將自己孤立起來，陷入迷惘、孤獨、憂鬱和沮喪之中，總以為全世界都將他遺棄了，不知道是他先關閉了自己的心門。

其實，每個人都有寂寞和孤獨的時候，但是千萬不要以最軟弱的時候，作為衡量自己的標準。對於已經失去的東西，不要再去追悔，但也同樣不可將自己陷於不切實際的空想中，諸如發筆橫財，一步登天等等。

錯誤發生時，要立刻設法挽救或彌補，千萬不可拖延，更不要設法遮掩，否則越陷越深，無法自拔。許多惡習就是在放縱自己，不予糾正的情形下逐漸養成的。俗話說「小洞不補，大洞難補」，正是這個道理。

怎麼樣認識自己，矯正缺點，發揮所長，使你的人生更臻於完善美好的境地。當你不斷追尋中，在你內心一定會感覺到，這個世界上仍有很多事值得盼望，值得努力，值得長

成。（本文部分取材中國時報新聞稿）

主！
請教我明白，我是誰？
不論我是為人父為人子，
為人妻為人女，
是公務員是商人，
是工人，或是藝術家。
都能竭盡所能，
全力以赴，
飾好祢所指派的角色。

主！
也許我很急躁易怒，
那麼，請多給我一點自制和忍耐；
也許我很虛榮驕傲，

那麼，請多給我一點謙遜和溫柔；
也許我很木訥內向，
那麼，請多給我一點活潑和幽默；
也許我很冷漠無情，
那麼，請多給我一點同情和愛。
當我心中有一個小小的善念，
請讓我立刻付諸行動，
不要化為泡影。
當我心中有一個小小的惡念，
請幫我適時制止消滅，
不要星火燎原。

我的主！
請以祢的信實、公義、慈愛、良善
教導我，
使我在祢裡面，

成為一個完備的人。

# 舌

兩年前，我曾碰到一位出版商，跟我要書時，講得天花亂墜，又是給我稿費，又是算我版稅，又是要聘我為出版社副總編輯，我一時被他的「花言巧語」所惑，糊裡糊塗地答應下來。沒想到書出版後，不但版稅到時不給，而且還不斷跟我囉唆，使我煩不勝煩。最後他以滯銷為名，來信要我收回，卻又想敲我三十萬。我問他何以出爾反爾，當初說的話怎麼都不算數了？他不是以「口說無憑」搪塞，就乾脆以他說的話都是「言不由衷」的（倒坦白得可以），甚至說：「我沒講過那些話，完全是你在病床上無聊，自己幻想出來的！」我的天，我得的是關節病，又不是精神病，幻個什麼想呢？（何況，當時有多人在場，包括他自己的兒子在內，難道他們也都得了幻想症嗎？）我真是氣過頭，只覺得可笑了。對他這種「舌燦蓮花」，「翻『舌』為雲覆為雨」的本領，除了甘拜下風，只有嘆為觀止了。

為了息事寧人，順利把書收回，我把已得的版稅退回，沒想到對方剛剛一手拿到錢，竟衝口而罵：「你們一家人都不得好死！」全家人都快氣瘋了。反倒是我勸解大家：「算了算了，他們又不是上帝，說我們死，我們就會死呀！偏不死，偏要越活越健旺給他們看！」在整個事件過程中，我盡可能保持緘默，因為想到大衛所說：「我要謹慎，免得我舌頭犯罪。惡人在我面前的時候，我要用嚼環勒住我的口。」

我始終相信上帝是公義的。人看人，或許一時因為誤解、中傷、偏見以及利害關係而有所偏差，但神卻是鑑察人心的，是非曲直祂自有公斷。事後也的確證實伸冤在主，祂必報應了。

我常想，同樣出自一個人的口舌，為什麼前後卻有這樣大的差別呢？真叫人不寒而慄。

《聖經》上形容舌頭雖然是人體中最小的一個器官，卻也是最難控制的一個。我們可以使它「尖利如蛇」，也可以使它成為「醫人的良藥」；很多時候我們需要「沉默是金」，很多時候也應該「仗義執言」。

儘管是一條「三寸不爛之舌」，然而，「一句話說得合宜，就如金蘋果落在銀網子裡。」怎樣的話才算合宜，就看你具備了怎樣的智慧和涵養了。

主，感謝祢賜給我舌頭，
以及說話的權利。
它雖然只有小小一截，
但它可以唱歌，
發出快樂的笑聲；
也可以咒罵，
或是咆哮如雷。
它可以溫柔地表達感謝和讚美，
愛和同情，
了解和安慰的心意；
它也同樣可以吐露不滿和怨恨，
批評和中傷，
還有惡毒的謠言。

有些話，
可以造就人，使人得到幫助；

有些話，
卻專門破壞人，帶來紛爭困擾。
有時候，它應該說話，
卻懦弱不言；
有時候，它不當開口，
卻又喋喋不休。
它常常藉著傳道人的腳蹤，
將美好的信息傳至地極，
使人同享福音的好處；
它也常常藉著陰謀者的蠱惑，
將邪惡的思想，
以星星燎原之火，
使無知的人更加無知，
使迷惑的人更加迷惑。

哦，我的主，

祢也知道——
我不過是個平凡的人，
我的舌頭也會犯錯。
求祢幫助我駕馭它，
如同駕馭不易控制的野馬：
使得出自它的每一句話、每一個字，
都帶著智慧的力量，
並與愛心、與行動一同配合，
不致落空。

# 初春

整個冬天，一片煙雨濛濛，只有守著窗兒，看雲霧在天地任意地揮灑著大幅大幅的山水潑墨。

二月，春天剛醒，陽光睜開雲瞼，伸一個小懶腰，帶著矇矓而滿足的笑容。風紮成一把拂塵，趕快把山腰天際的雲絮掃乾淨，好讓太陽一個翻身下地。

心口有點癢癢的，彷彿有什麼蟄伏了一個冬季的小蟲子，經過了暖暖春日的孵化，重又甦醒蠢蠢蠕動起來，叫人忍不住要到外頭走走！

看吧！山徑兩側的杜鵑已經悄悄開了一點，許多花苞還羞怯地隱藏在葉子後面，等著春陽招手，春風呼喚！高大櫻花樹枝上滿是米粒般的小蓓蕾，真像小小嬰兒光禿牙床上冒出來的小白牙，要不了兩天，它們就會像國慶日的煙火似地爆了一樹的燦爛。

「吱——」的一聲，一隻山鳥急速地從我們身邊掠過，像一支彩色的箭，射進樹林。

看那副急忙慌亂的樣子，多麼像是正在熱戀的傻小子，對了，春天到了，該是談情說愛的好季節，不知牠可是忙著營築一個小小的愛巢，準備迎娶牠的小新娘？

我像一隻慵懶的貓一樣，瞇著眼睛在草地上曬太陽，任憑風頑皮地抓亂我的頭髮，我也懶得理會。陽光的熱力透進尚未換下的冬衣，在我的皮膚上搔抓撫摩，酥酥痲痲的，模模糊糊中有種說不出的幸福感，只覺得春天來了，真好！

就像〈雅歌書〉上說的：「你看，冬天過去了，雨季已經過了，郊外百花盛開，鳥兒唱歌的時間到了，在田野間已可聽到斑鳩的聲音了。無花果開始成熟了，葡萄樹也開花放香了……」春天在詩人的筆下又是多麼美！

「花枝草蔓眼中開」，春天的五彩繽紛，繁華熱鬧，也正展現了它無窮的生機和蓬勃的生命力，令人耳目一新，心中又溫暖活躍起來，充滿無限希望和憧憬。然而，乍見一年新綠，也不免令人怵然一驚，韶光易逝，再不及時掌握，只怕韶華不留我，空自閒白了少年頭，無形中又有種警惕激勵的力量，逼得人不得不更奮進一點。

雖然，有一天春光會老，春花凋謝，小鳥離去，寒冬仍將降臨，就像人生的路途不盡是平坦的大道，也有曲折的幽徑，泥濘遍地，風雨連天。但是，別怕，及時把這一片良辰美景收進心中，把人間的愛和溫暖也儲存下來，那麼，即使在面對陰霾和風暴時，也有盼望！也有忍耐！

主啊！
如果春天是一首歌，
祢就是作曲的人！

小鳥在枝頭歡唱，
溪水在谷中奔流，
蛙聲蟲鳴在四野伴和；
輕風吹過林梢，
奏出如歌的行板。
主啊！
這是多麼美妙動人的音樂！

主啊！
如果春天是一幅畫，
祢就是繪畫的人！

樹林抹上一筆新綠，
花叢點上幾筆嫣紅，
微雨新晴的天邊，
勾下一彎長長的虹彩。
主啊！
這又是何等美麗調和的景致！
主，感謝祢賜下這樣的春天，
願我們透過這些音符和色彩，
更加認識創造天地的祢。

# 我喜歡

有位朋友問我最喜歡什麼，一時之間我竟不知如何回答。任何事物加上一個「最」字，便限制了它的範圍。而我偏偏喜歡的這樣多！

我喜歡晨曦一如我喜歡晚霞！

我喜歡萬里無雲的藍天一如細雨濛濛的黃昏！

我喜歡花。任何花都愛，它們和人一樣，有不同的面貌，不同的風格，不同的個性，不同的美！

我喜歡孩子。看到他們的小胖手小胖腳，就恨不得咬一口。從他們身上，我可以發現人性中至純至真的美善；他們總教給我許多東西！

我喜歡叫人意外驚奇的事。比如說，屋內突然跳進來一隻小蟋蟀，在我腳邊唱歌；比如說，深夜寫讀，驀然抬頭看到窗玻璃上幾隻螢火蟲，像綠寶石般閃耀著晶瑩光芒；比如說，百無聊賴中，久違的好友翩然來訪，那種乍然的驚喜！

我也喜歡一些令人動心的事。就好像看到一對白髮蒼蒼的阿公阿婆互相扶持，小心翼翼穿越馬路的情景！就好像看到沙達特到耶路撒冷去訪問，和他的死對頭擁抱歡笑的鏡頭，竟使我有種想流淚的感覺！

一本好書，一段好音樂，一部好電影常帶給我心靈極大的享受，我喜歡自己的心像是最敏銳的琴弦，一觸動便能發出共鳴的和弦！

我喜歡在吃了一頓可口的飯菜後，誠心誠意地對媽媽說一聲「謝謝！」我喜歡看她臉上欣慰的笑容！

我喜歡和媽媽一起唱詩。儘管我們兩人都是「變調大王」，常常唱走了音，但和自己最親愛的人同聲讚美上帝，那是多麼美的感受！

我喜歡讀信。每天午覺睡醒，我的第一句話往往是「今天有信沒有？」我喜歡朋友的信，也喜歡讀者的信。雖然我們可能相距幾千里，但藉著信函，卻縮短了我們的距離，使我們心靈相通，分擔彼此的重擔，分享彼此的快樂！

我喜歡從鏡中看到自己快樂的臉，每天清晨，當我注視這張神采煥發、光潔得沒有一絲皺紋的臉。心中竟然隱隱有種說不出的感動。疾病不曾使我消沉憔悴，相反的，我覺得自己多麼像是一只剛從樹上摘下的桃子，新鮮而飽滿！

我喜歡生命。生命是這樣地好，好到你可以細細去品味並享受它！即使在苦難中，你更能觸摸到生命的躍動，那一種掙扎之後的歡暢，奮鬥之後的欣喜，使你的心更接近天堂！哦，我發現我喜歡的，簡直越數越多，多得數不清。所以，朋友，若是你再問我，我會告訴你，我「最」喜歡的是有顆足以包容這樣多喜歡的心！

主啊！我喜歡玫瑰，
也喜歡百合，
我更喜歡野地的小花。
它們總是歡歡喜喜地開遍了原野，
從不因為長得不如玫瑰嬌豔、百合高雅，
就放棄了它們生存的權利。
只因為它們知道，
每一種花都是主祢所創造的。
主啊！我喜歡畫眉，
也喜歡黃鶯，
我更喜歡樹林裡的麻雀。

牠們總是無憂無慮地從早唱到晚，
從不因為唱得不如畫眉宛轉、黃鶯悅耳，
就放棄了牠們生活的樂趣。
只因為牠們知道，
每一隻鳥都是主祢所創造的。

主啊！也求祢教導我們，
不要因為才智的有限，
容貌的平凡，環境的狹窄，
而自暴自棄，
怨天尤人。
因為我們也是祢所創造，
祢所喜悅的兒女。

# 不凋花

春天，正是一年的開始，萬物復甦，百花盛開，草木欣欣向榮。原野上，櫻桃杏李，錦繡一片，熱鬧而紛繁。然而，隨著時序的變更，葉落花殘，草木凋零。要再見芳華，只有等待來年了。大自然的生生息息，看似有情，卻也無情；看似無情，卻又有情。

但你知道有種花卻永遠不會凋謝嗎？當它的葉、它的梗隨著季節的變換而枯萎後，它的花卻仍然鮮豔如昔，含笑枝頭。

它就叫做不凋花。別名又叫三角花、匙葉花、斯太菊或磯松。是屬於藍雪花科的草本植物，春季開花，花小而密集，花姿奇特，分有黃、紅、青、紫、白等色，原產地在地中海沿岸，其他地方也培植。它不須任何加工處理，就可以長期保存下來，是乾燥花的最好材料。

這麼美麗可愛的小花，是什麼原因使它不會凋謝呢？是造物主特別的眷愛嗎？真是不可思議。

我們常說好花不常開，好景不常在，時光匆匆，歲月無情。我們多麼希望韶光常留，快樂常存，青春常駐。

但這是不可能的，花開花謝，月缺月圓，人聚人散，世事難全，人難如意，自然的遞嬗也永不停歇。

除非我們的生命能留下一些東西，一些足以超越時空、超越生死的東西。比如文學、藝術、科技發明；比如愛、信心、勇氣。

想想看，孔子的思想到今天仍影響著我們，文天祥的浩然正氣到今天仍撼動著我們，林覺民的碧血丹心到今天仍振奮著我們，巴哈的音樂到今天仍感動著我們，使徒保羅的信心到今天仍激勵著我們，愛迪生的發明到今天仍造福著我們……太多太多了，數不清的人付出了他們的心血，他們的光和熱，也正因為他們，人間的缺陷才得以彌補，天地的無情才得以消弭。他們的軀殼雖然早已與草木同朽，但典範仍在，精神不死。

也許我們做不到聖人和偉人，但願我們像那至死仍不肯辭謝枝頭的不凋花一樣，有一天當我們的生命結束，也能給這個世界留下一點色彩，一點芬芳。

主啊！
春天的花開了又謝，
夏天的草綠了又枯，
秋天的果實熟了又落，
冬天的雪片飄了又化。

天上的雲總是聚聚散散，
水中的浮萍總是漂泊不定，
一代出生，
一代離去，
人間的悲歡離合又是這樣無常無奈。

但是，主。
求祢讓我們在匆匆的腳步中，
仍能留下一點痕跡。
有一日，

當我們的腦波停止，
求祢讓我們將智慧留下，
我們不屈的意志留下。
當我們的手臂低垂，
求祢讓我們將經驗留下，
我們披荊斬棘的勇氣留下。
當我們的雙腿不再邁動，
求祢讓我們將汗水留下，
我們頂天立地的精神留下。
當我們的心臟不再躍動，
我們的肺腑不再吐納，
我們的軀體一寸寸冷卻，
主啊！
求祢讓我們將愛留下，
我們對生命的真誠，
對自然的禮讚，

對人世的祝福留下，
這樣，我們才敢說：
我們已經活過了。

# 兩種人生

有一年暑期，妹妹在山上的餐館打工。頭一個月她在中餐部。經理待人和善，其他小妹也都相處融洽。唯有那位做菜的大師傅叫人受不了，一天到晚好像和誰有仇似的，拉長著一張馬臉，在廚房裡不斷摔盤子打碗，吆五喝六，彷彿沒有一個人讓他瞧得順眼。

尤有甚者，是他對這些工讀的女孩子，頤指氣使。開飯時，他常會敲著盆子叫道：「餵狗了、餵狗了！」氣得人幾乎吐血。由於山上師傅難請，經理也只有容忍他，大概他也自恃這點，才敢這樣囂張，肆無忌憚。

妹妹說，從來沒有見過這麼令人討厭的人。

隨後，她調往西餐部。那邊的大師傅十分年輕，一張圓臉，整天笑咪咪的。一邊做點心一邊還哼著歌，彷彿是種很大的享受。

沒事時，他就自己研究，把作料東調西配，發明一些別人沒吃過的點心，而且做好了總是請大家品嘗，吃不完再帶回去。他自己很愉快，別人也跟著愉快，整個餐廳一片祥和之氣。

不久之後，聽說中餐部的師傅患了胃疾及肝病。住院開刀，不但割去了半個胃，工作也丟了，醫生認為他的病因是出於長期抑鬱、情緒不穩所致。而那位西餐部的師傅則由於人緣又佳，手藝又精，已經應聘到台北某大餐廳服務去了。

這個世界往往就是這樣，有人認為生命是美好的，有人卻認為人生是一場無可奈何的悲哀。有人說生活中充滿發掘不盡的樂趣，有人卻說不過是日出日落，乏善可陳。有人認為友誼是人生最大的收穫，有人卻認為這些都是人情包袱。有人認為打擊是磨練信心的機會，有人卻認為是老天專門和人過不去。有人總以為他承受了太多恩情，心懷感激，希望回報一些什麼，有人卻總以為別人虧欠了他，心懷不滿，恨不得多攫取一些什麼……

可想而知，前一種人樂觀、積極、合群、友善，與人相處和諧；後一種人悲觀、消極、孤獨、寡歡，他看別人不順眼，別人看他也不順眼。同樣的一件事，為什麼卻有不同的看法及人生態度呢？究竟是人造環境，還是環境造人？

主，我不敢祈求

祢賜給我美麗的容貌，

但求祢賜我一顆善良的心；
因為再美麗的容貌，
也會隨歲月蒼老醜陋，
而善良的心卻與日月同光。

主，我不敢祈求
祢賜給我大量的財富，
但求祢賜我豐富的愛；
有形的物質隨時得到隨時失去，
唯有愛，
是我們生命永不磨損的珍寶。

主，我不敢祈求
祢賜給我絕頂的智慧，
除非我能做善意的發揮，
造福人類，

而不是為害世界。

主，我不敢祈求
我的日子天天晴朗，
我的身體時時健康，
我的路途一直平坦，
我的生活永遠無波；
但求堅固我的信心，
賜我超越障礙的勇氣，
以及永不屈服的毅力。

主，我深深知道
唯有在種種缺憾中，
我才體會生命的完美，
在層層淚眼與心房碎裂的痛苦中，
我才看到祢，
體會祢的存在。

# 權利與義務

有很多主婦不喜歡做家事，常常飯不燒、地不掃，孩子也不管，弄得屋子髒兮兮，孩子面黃肌瘦、粗魯頑劣。其實，她們也並非職業婦女，只是把時間全花在打麻將、串門子和逛街上，疏忽了做主婦的責任。

男孩子長到十八歲，就要服兵役，偏偏有很多人千方百計逃避它，有些人甚至不惜把自己弄成殘廢，以達到目的。我實在想不通，服兵役最多不過兩年時光，健康卻是一輩子的事，怎地這樣愚不可及。

每到了三月，要申報所得稅，但似乎很少有人納得心甘意樂，總好像政府專門和老百姓過不去，要剝削老百姓似的。許多人想盡了辦法，使出各種花招來逃稅，和稅務人員捉迷藏，大玩「官兵捉強盜」。

我想，歸根結蒂，問題就出在這「義務」兩字。家是主婦應盡之義務，所以只覺其辛苦；服兵役是男子應盡之義務，所以只覺其可怕；納稅是國民應盡的義務，所以只覺其不堪其擾。既然是義務，就變成一種無可奈何的責任，一種推卸不了的重擔。

相反的，權利卻是人人都不願放棄的。小學生讀書不花錢，所以台灣的就學率高達百分之九十九。公務員有醫藥保險，所以醫院經常擠得水泄不通，哪怕芝麻小病，也非得去領點藥。就連七十歲以上的老人，也要爭取福利，免費乘車乘船。然而，公車誤點了，馬路不平了，自來水不通了，物價上漲了，你就堂而皇之地批評政府，提出抗議，因為，這些你應享的權利受到了損害。

權利人人愛享，義務人人怕盡，人同此心，心同此理。但你可曾想到，權利與義務原是一體兩面。你既然是家中的一分子，你就有參與的權利，也有分擔的義務。生活的幸福、家庭的美滿都要靠你來維護，別人無法剝奪，也無法代替。

你要享受安定的社會，你要自己的國家強盛，你就必須去保衛它。你要公共設施完善，你要福利制度健全，你就要善盡你做國民的本分。這是你的義務，也同樣是你的權利。

不要忘記，你所享的權利，也正是別人所盡的義務，而你所盡的義務，只會給你帶來更大的權利。

主，我喜歡自由，
喜歡照我自己的方式生活，
去我想去的地方，
說我想說的話。
但是，主，
求祢也教導我
如何尊重別人的自由，
不妨害別人的行動，
損害別人的權益。

主，我喜歡別人愛我，
了解我，關心我，
滿足我的需求，
也尊重我人格的完整。
但是，主，
求祢也教導我，

如何付出我的愛心，
伸出我的援手，
而不致傷害到一顆敏感的心。

我的主，
當我指責別人時，
先讓我反省自己的過失；
當我批判別人時，
先讓我檢討自己的言行；
當我心懷不滿時，
先讓我察看自己的良知。
不叫我的豐足建立在別人的貧困上，
不叫我的快樂建立在別人的痛苦上，
不叫我的利益建立在別人的損失上，
不叫我的幸福建立在別人的犧牲上，
不叫我的成功建立在別人的失敗上。

教導我，
免得我過於自高，
不知感恩。

# 師

有一次，我因一篇文章和編輯老爺意見相左，僵持不下。一氣之下，就想將稿子要回不登了。當時剛考上大學的么妹很認真地制止我：「姊，不能驕傲喲！」使我不禁愕然。這就是從小我給她餵牛奶換尿片，教她牙牙學語的小么妹嗎？什麼時候長大了，竟然管起姊姊來了？不過，她的話也提醒了我，令我警惕。是否我真的過於堅持己見，忽略了對方的立場，犯了驕傲的毛病呢？

我有三個弟妹。我初病的時候，么妹剛剛出生，大弟尚未上小學，我「賦閒」在家。三人的功課便都由我啓蒙，從「ㄅㄆㄇ」開始，教他們做作文、背古文，逼他們練大小楷。我性子急，脾氣躁，稍未達到我要求的標準，便是一頓喝斥。尤其是小弟，從小木訥口吃，反應又慢，不知捱過我多少罵。沒想到後來卻是他最會念書，年年都拿獎學金。我開玩笑地說，這大概就叫做「嚴師出高徒」吧！

隨著他們的長大，我所能教的東西也越來越有限了，反而時時需要向他們請教了。一些數理問題、科學新知，他們常常向我解釋半天，我仍如墜五里霧中，他們只有嘆息：「真是小學生腦袋！」我自己也不禁啞然失笑！

其實，每個人都有他的長處和優點，我們隨時隨地都可以從旁人身上學到很多功課。不一定是他的學識，而是他的行為和品格，以及為人處世的態度值得我們借鏡。

我常常覺得，有時候知識也容易使人無知。我這樣說一定有人感到驚異。真的，一個人如果鑽研學問而不求變通，靈活應用，久而久之，必然把自己逬進一條死衚衕內，故步自封、食古不化，而且唯我獨尊、自以為是。他不再接受別人的觀念和看法，反而抱著一種排斥和批判的態度。到了這種地步，他只熟悉、也只肯定自我世界，對於外在的一切呈現真空狀態。這就是我所謂的知識上的無知。

孔夫子也形容他自己不如一個老圃，因為他知道，隔行如隔山，活到老，學不了。何況，有很多學問不一定從書本中可以得到。我們對人生的領悟，更多時候是來自生命本身，對大自然的認識，以及人與人之間的相處。

如果知識讓人驕傲，讓人迷失，讓人無知，那麼，我們寧肯做一個目不識丁的文盲，至少還能擁有一個謙沖的胸懷，一顆渴羡追求的心。

主，謝謝祢給了我一本叫「自然」的書。
教導我，
從宇宙知道什麼是無限，
從太陽知道什麼是永恆，
從星際的運行知道什麼是規則，
從四季的變化知道什麼是有序。
夕陽告訴我什麼是美麗，
花露告訴我什麼是甜蜜，
雪花告訴我什麼是純潔，
小鳥的歌聲告訴我什麼是快樂。
山教我穩重，
水教我宛轉，
風教我溫柔，
雲教我飄逸，
大地教我寬廣，
小花小草的自在，

教我淡泊寧靜、自強不息。

主，也謝謝祢給了我另一本叫「人」的書。

教導我，

從千萬個父親蒼然白髮中知道什麼是慈愛，

從千萬個母親微駝背影中知道什麼是關懷，

從白髮老夫妻相扶相持中知道什麼是愛情，

從孩子清亮的瞳仁中知道什麼是無邪純真。

老師的誨人不倦教我什麼是奉獻，

戰士的保國衛民教我什麼是責任，

陳金龍的捨己為人教我什麼是犧牲，

史懷哲的蠻荒行醫教我什麼是博愛。

許多相視的眼教我尊重，

許多相握的手教我信賴，

許多相連的心教我無私，

許多相併的肩教我信心。

但是，主，
我學習最多的仍然是祢，
祢教導我認識生命。

# 窗外

每天清晨，我起床的第一件事，就是拉開窗帘。

由於手臂沒有力量，肩膀又不能高舉，我必須兩手交互一點點拉動繩子，好像在升旗一樣。

當窗帘一寸寸被拉開，光線一寸寸流溢進來，窗外的景致便如橫幅的國畫山水一樣漸次舒展在眼前。

有時候，迎著我的是亮麗的陽光，藍天白雲，清風和暢，小鳥在枝頭宛轉，溪水在谷中奔流，天地一片祥和。

有時候，迎著我的卻是一窗風雨，或是暴雨如傾，或是細雨纏綿，山色朦朧，雲重如鉛，天地一片慘淡。

春天，新枝發芽，遠山含黛，空氣中常迷濛著一層淡淡的山嵐，如煙似霧，隱隱約約。

春天也是多變的，忽爾「自在飛花輕似夢」，忽爾「無邊絲雨細如愁」，它的明媚嬌柔至此都一覽無遺。

夏季明快爽朗，青山隱隱，碧水沉沉，草綠花濃，只是脾氣過於剛烈，不是豔陽烤得你七葷八素，就是狂風驟雨吹打得你心驚膽戰。唯一可喜的是水果的豐收，給炎炎夏日平添一份甜蜜和喜悅，真是讓人又愛又怕的季節。

秋天溫柔，善解人意，溽暑已退，寒冬未至，山高天遠，好風如水，真箇是「天涼好個秋」。不似春之浮躁善變，秋自有一份含蓄成熟之美。

隨著秋意的加深，白皣皣的芒草滿山招展。山仍然是青的，卻青而不翠，鳥隱蟲匿，長空寂寂。風已出刀，雨已出鞘，冬天以它的肅殺之氣席捲大地。

不過，冬天也是最有盼望的季節，因為知道春天已離不遠。

一年年，一季季，我對著窗，看雲天的變幻，也看人間的興衰。

窗外，有乳兒的學步，也有老人傴僂的背影；有孩童的嬉戲歡笑，也有鄰居的爭吵相罵；有放著鞭炮、娶嫁的花車，也有結束人生旅程、寂然而行的靈車。

花開花謝，草榮草枯，月圓月缺；人聚人散，人起人落，人生人死。

然而，只要一息尚存，每天清晨，我仍然拉開我的窗帘，升起我的旗，面對新的一日，迎接未可知的未來。

清晨，我升起一面旗，
升向藍天，
升向白雲，
升向如錦的大地。

在沒有陽光的日子，
主，
我仍要升起我的旗，
升向風裡，
升向雨裡，
升向無盡的長空。

在沒有歡笑的地方，
主，

我仍要升起我的旗，
升在人間，
升在世間，
升在荒漠的心田。

以我的淚，
我的汗，
我沸騰的血，
我涓涓的愛，
織成一面旗，
一面理想的旗，
一面希望的旗，
一面信心的旗，
一面勇氣的旗，
在每一個清晨升起，
或陰或晴，

或喜或憂，
主，
升向祢，
升向我，
升向生命至高之處。

# 成功．成名

此次膺選第八屆十大傑出女青年，報章雜誌紛紛報導，電視廣播不斷訪問，一時之間，大名滿天下，朋友戲謔地稱今年是「杏林子年」。

只是差點沒把我累死。各樣的活動、邀請，人來人往的，偉人沒做成，都快成「痿人」了。

唯一的感覺是，當個「名人」真不好玩！

弟弟妹妹每次看到別人稱我「名作家」時，就笑得要死，說：「嗚作家者，會叫的作家也！」

有位朋友曾參加一次全國性的文藝大會，發現那些真正寫得好的、有實力的作家，大都沉默寡言，樸實無華。反倒是那些半吊子作家，喧嘩囂張，花蝴蝶似的滿場亂飛，成了真正的所謂「嗚作家」。

成名與成功，一字之差，意義卻不盡相同。

名者，名譽，名聲，名望。

無可否認的，名譽是人的第二生命，每個人都愛惜自己的名譽，維護它，這原是人之常情，無可厚非。

只是有的人矯枉過正，不免虛浮誇耀，甚至說謊欺騙。也有人死要面子，食古不化，到了不通情理的地步。

最可怕的是有人亂出風頭，不擇手段，以達到揚名立萬的目的。前不久有位過氣小歌星，為了想出名，竟然誣告別人強暴她，繪聲繪影，大肆宣傳。用這種方法使自己聲名大噪，可謂窮極無聊，等而下之了。

忘了歷史上哪個大魔頭說的：「縱不能流芳千古，也要遺臭萬年。」為了個人的虛榮心與權力欲，多少人頭落地，血流成河，好名好到如此地步，真令人不寒而慄。

俗話說「德高而望重」，可見一個人只要有道德有操守，行事為人光明磊落，自然就會受到別人敬重推崇。

其實，我們不一定要成大名、就大業、賺大錢才算成功。只要善盡自己的責任：妳教養兒女個個品學兼優、身心健康，就是一位成功的媽媽；你傳道解惑，使學生如沐春風，就是一位成功的老師；你殷勤耕種，使大地五穀豐登，你就是一位成功的農夫。

成功，是需要腳踏實地，用汗水與眼淚，用百折不撓的精神，鍥而不捨的努力，無數的心血智慧所獲致的。

你可能因成功而成名，但絕不會因成名而成功。

哦，主，
太陽總是常年地照射，
不是炫耀，
只為給大地一些溫暖，
一些光明和煦。
山崗總是常年地青翠，
不是虛榮，
只為給大地一些綠意，
一些新鮮的空氣。
溪水總是常年地流轉，
不是張狂，
只為給大地一些滋潤，

一些欣欣向榮的生機。

飽滿的稻子總是低低垂下，
成熟的花生總是結實在地裡，
鑽石的燦爛總是包裹在石頭裡，
石油的熱能總是深埋在地層下。
仙人掌孤獨長在荒漠中，
野薑花寂寞開在溪水邊，
花朵把它的蜜包含在蕊心，
夜來香把它的芬芳在夜裡吐露。
星星從不在白日和太陽爭輝，
蟋蟀從不在清晨和眾鳥比賽，
梅花從不在春天和桃李鬥豔，
蜜蜂從不在外表和蝴蝶相較。

而主，

祢也從不向我們訴説祢的偉大，
祢只是把這一切，
都隱藏在萬物中。

# 人生的路

從小父親對我期望最深，因此我的病也最使他痛心惋惜，常嘆息說：「妳要不生病的話，恐怕文學博士早拿到了！」真的，如果我一帆風順地長大，順利地求學深造，很可能有一天達到父親的願望，然後結婚生子，衣錦榮歸，像每一個少女所嚮往的那樣。但是這樣人生是否就比現在的我幸福美滿呢？實在也很難下斷語，因為世上多的是具有這些條件而仍然不快樂、不滿足的人！

一位朋友常抱怨婚姻斷送了她少年的壯志雄心，家務孩子幻滅了她的理想抱負；而另一位朋友卻遺憾年輕時過於專心學問事業，以致年華老大，仍然形單影隻，時光如能倒流，她願意用一切去換取一個屬於自己的溫暖小窩。這兩位朋友彼此認識，每次見面，總是一面羨慕對方，一面埋怨自己，有趣得很。人類最大的痛苦就是不滿現狀，我們總覺得環境辜負了我們，命運捉弄了我們，我們總好像走錯了路。

在大陸北方，每年玉米快要成熟的時候，莊稼人就在田裡搭起茅棚，日夜看守，他們最怕山裡的野熊。野熊每次摘下玉米，就往腋下一挾，又貪心地去摘取第二顆，等第二顆摘到手，欲往腋下挾時，原先的那一顆已經掉了。就這樣不停地摘，不停地掉，一夜之間，大好的一片玉米田都叫牠們糟蹋光了，最令莊稼人頭痛冒火。

也許有人覺得野熊實在愚昧得可憐，為什麼牠們不知先吃手上的玉米，再去摘其他的呢？其實，大多數的人不都是如此嗎？終其一生，我們不停地渴望，不停地追求，不停地攫取，卻從不知珍惜手邊所擁有的幸福，到頭來一無所有，什麼也沒得著。

許多人看我病成這樣，認定我這一生免不了悲慘辛酸，奇怪的是我自己倒活得挺起勁呢！我相信人生的道路儘管各有不同，但幸福卻必須我們自己去掌握創造。問題不在我們走了什麼樣的路，而在於我們以什麼樣的態度去走。

人生的道路只能走一遍，那麼，不論這條路是否出於我們所選擇、所中意的，好歹都得打起精神，快快樂樂地走下去。別讓沮喪、怨懟、悔恨、懊惱糟蹋了我們原本可以美好的一生。

主啊！

請在祢的懷中留下一個空位給我。

當我為生活奔波，
為事業忙碌，
為許多的失敗打擊，
而感到精疲力盡的時候，
主啊！
求祢讓我安歇在祢的懷中，
放下我的重擔，
恢復我的疲勞，
重新支取奮鬥的力量。

當我為感情的挫傷，
為疾病的痛苦，
為許多不如意的事，
而感到人生空虛乏味的時候，
主啊！
求祢讓我依靠在祢的懷中，

醫治我的憂傷，
擦乾我的眼淚，
再度獲得生活的信心和勇氣。

黃昏的鳥兒要回到自己的窩巢，
漂泊的小船要找一個避風的港口。
我的主，
我經歷了一生歲月，
我的腳步困頓，
我的心布滿旅人的風塵，
請在祢的懷中留下一個空位給我，
好作為我最後的歸宿。

# 命運・命運

燈下夜讀，看到楚漢相爭，項羽垓下被圍，自知大勢已去，淒涼地對他的愛妃虞姬說：「力拔山兮氣蓋世，時不利兮騅不逝，騅不逝兮可奈何，虞兮虞兮奈若何！」不禁掩卷嘆息！想當初他雄霸一方，所向無敵，撫劍高歌，又是何等心高氣盛，得意非凡。曾幾何時，卻落入這樣一個悲慘的下場。他不怪自己剛愎自用，不能知人善用，卻怪時運不佳，老天不給他機會。他豈是不敢面對江東父老，他是不敢面對自己的失敗呀！項羽算不得真英雄，英雄是從不把失敗推諉於命運的。

人真是一種好笑的動物，日子過得順遂，小有成就都是出於自己的努力。事業成功，那是自己奮鬥的成果；太太賢慧，那是自己有眼光；兒女有出息，那是自己教導有方。總之，全是自己的功勞。可是一遇到挫折打擊，就怪老天怎麼不長眼睛了，時運不濟了，好像都是命運和他過不去，他一點責任也沒有。

命運！命運！有的人要創造命運，向命運挑戰；有的人卻聽天由命，得過且過。到底什麼是命運呢？曾有人形容得好，說：「人生就像一場橋牌戲，上帝把牌發給你，怎麼打則全靠你自己了！」

的確，有的人一出生就拿了副好牌。英國有個江洋大盜，原是出身貴族，家庭富裕，又受過高等教育，偏偏不學好，殺人放火，無惡不作，最後走上了斷頭台。一副好牌給他糟蹋了，真是可惜！

海倫•凱勒女士的那副牌卻壞透了。她集盲聾啞於一身，但是靠著她的不斷努力奮鬥，終於克服本身的不幸，扭轉乾坤，成為舉世知名的大教育家。不僅給她自己開創了一個光明的坦途，也給億萬盲人帶來信心和希望。

有人說，殘障是一種不幸，那麼健康的人是否就一定幸福呢？有人說，貧窮是一種悲哀，那麼有錢的人是否就一定快樂呢？如果身強力壯卻不務正業、不走正路；如果家財萬貫卻恃「財」傲物、仗勢欺人，他們所擁有的於人於己又有什麼益處呢？

苦難的本身也許並無什麼意義，主要是看我們從中學到什麼，獲得什麼。我雖然病了二十餘年，但我自認比別人幸運的是因著病提早領悟到生命的美和真實，並且也因著生的艱難和不易，才倍加珍惜努力。

上帝給人的恩賜各不相同，問題不在「牌」的好壞，就看你肯不肯全力以赴，用心地打。反敗為勝，勝劵還是操諸自己手中啊！

主啊！
求祢叫我不看輕自己。

也許我的能力有限，
也許我的學問貧乏，
也許我的環境狹窄，
但是主啊！
我還是可以做一些事情，
是別人永遠無法替代我的。

我可以做一個好孩子，
對父母盡孝；
我可以做一個好朋友，
對同伴盡心；

我也可以將我的歡笑灑向四周，
那怕是一抹友善的微笑，
一個關切的眼神，
一句安慰的話語，
也能帶給那些心靈憂傷的人
一點慰藉和幫助。

主啊！
求祢叫我不看輕自己。
因為我知道，
不論我是多麼的弱小卑微，
在祢眼中仍有我特定的價值。

# 書

有位黑人牧師遠從西非洲來看我，他不懂中文，也沒有看過我的書，只是從別人口中聽到過我。這次藉著到遠東布道的機會，特別繞道台灣來看我，對我說：「上帝為什麼要妳受苦，我們不知道，但是因為妳的受苦而使很多人的痛苦得以減輕。」

猶記得初病時，我也不明白神的旨意，難道一個健康的人不比長期臥病的人更有用處嗎？誰家找工人不是找個身強力壯的？直到有一天，教會的一位媽媽生病，母親去看她，她竟說：「我一想到妳女兒的病，就覺得自己這點病痛可以忍受了！」不知從什麼時候開始，神使我的痛苦成為他人的憑藉，我的眼淚成為他人的安慰。

每年我至少收到一千多封讀者的信，其中大部分都是述說他們如何從我的書裡得到鼓舞和激勵，進而改變了他們對人生的看法。其實，坊間勵志性的書籍甚多，而我寫得也不見得比別人更有深度，最主要的是讀者知道我是在現身說法，比較容易接受。他們把我當成一個活生生的例子，就生活在他們中間，他們的痛苦我也受過，他們的眼淚我也流過，心靈上有了認同，自然就引起感情上的共鳴。我想，我不應該稱為作家，我的文筆離文學的尺度還遠，思想的深度及知識的廣度都嫌不夠。勉強來說，只能算是一位社會工作者。我希望將我的生活方式，對生命的體認，藉著我的筆像傳揚一個信息一樣表達出來，告訴讀者怎樣去面對苦難，怎樣去超越痛苦，怎樣從破碎中肯定生命的完美，怎樣在烏雲密布的時候為自己製造一個太陽。

我把自己化成了一本書。

其實，我們難道不都是一本書嗎？別人時時可以從我們的言語、行為、情感的流露、事物的喜憎來「閱讀」我們，了解我們的思想為人，以及內涵深度。我們可能浪漫如詩，樸質如散文，多采如小說。或主題正確，或內容荒謬；或簡短精緻，或冗長枯燥；或言之有物，發人深省；或滿紙胡言，不知所云。而這本書的好壞也多多少少會影響周遭「閱讀」的人。

我們都是生命的作者，把自己展現在人前。

哦，主，

我不知道祢要怎樣的

設計我、編排我、裝訂我。
卅二開、廿五開，還是菊版八開？
高級的銅版紙，
還是廉價的白報紙；
彩色上光的封面，
還是簡單套色；
進口的豪華漆皮精裝，
還是一根鐵釘把我一穿而過。

主，
在祢發行我之前，
務求祢嚴謹地審核，
仔細地校訂。
錯誤的地方一字一字更改，
不通的文氣一處一處修正。
主題的中心不離祢的真和善，

愛和美。

主，
我不在乎外觀的美和醜，
內容的薄和厚，
價格的高和低，
只求——
開卷有益。
多一點真摯的感情，
多一點人性的啓發，
多一點生命的喜和樂。
我的主啊！
與其把我裝潢豪門的壁間，
我寧肯在清貧的夜晚，
伴著殘燈一盞，
溫熱一顆孤寒的心。

# 退稿之外

有位朋友和我談到投稿被退的感受，心裡有許多抱怨，就在這個時候，我恰好也收到一封退回來的稿件。

如果說我一點也不在乎，那是矯情，我在乎的不是稿子被退回來，而是自己寫的仍欠火候。的確，當我把自己的「大作」又仔細地讀了幾遍，發現文中確實有若干值得商議的地方。編者退得「問心無愧」，我也接受得「心平氣和」。

我生病時，小學尚未畢業，學校勉強發我一張證書。當我知道自己的病可能再也無法痊癒時，也曾消沉了很長一段歲月，幾乎是痛不欲生。之後，我問了自己一個問題：「妳是要一輩子躺在床上做一個殘廢呢？還是打起精神，試著努力為自己開一條新路？」我選擇了後者。

以我當時僅能看得懂兒童故事的程度，我的學習過程是艱苦而漫長的。我參加文藝函授學校，收聽電台的空中教學，向弟妹們「不恥下問」；書報上看到好文章，總是一讀再讀，甚至背誦下來。不怕別人笑話，我的第一篇作品連段落都不會分，從頭到尾「一氣呵成」。

想當然，我一定遭到不少的退稿。退稿的滋味也確實令人難堪，怕別人笑話，怕別人譏嘲的眼光，簡直和做賊似的。但我終於發現，我怕的不是別人，而是不敢面對心理上的怯懦和自卑。我開始試著客觀地分析退回的稿子，到底是文句不通、思路不明、主題不正，還是別的什麼毛病，「對症」而後「下藥」。一次次的退稿，也幫助我一次次更進步。我體會出要想文章好，就要具備敢於接受退稿的勇氣。對一個作者而言，退稿往往是最大的激勵，最好的磨練。

我病了二十多年，全身的關節大都損壞，但我一直警惕自己，不可因病自憐，不可因病恃嬌，更不可以此做藉口降低對自己要求的水準，同樣的，我也不希望別人如此對我。一個人要想別人瞧得起，一定先要挺起脊骨，瞧得起自己。

一位網球名將在一次決賽中失敗了。頒獎時，他拒絕領取亞軍獎牌，主席冷靜地對他說：「你可能百戰必勝，但你必須輸得起，才能成為真正的冠軍。」打球如此，投稿如此，人生亦復如此。

主，
我知道，
除了我自己，
沒有人能擊倒我。

別人可以陷害我，
卻不能使我退縮；
別人可以打擊我，
卻不能使我灰心；
別人可以威脅我，
卻不能使我害怕；
別人可以譭謗我，
卻不能損我絲毫。

除非，主，
虛榮遮掩了我的眼，

讓我看不清自己的得失；
驕傲蒙蔽了我的心，
讓我分不出自己的高下；
怯懦軟弱了我的腳，
讓我沒有勇氣舉步邁前。
除非，主，
我的心田，
甘願讓仇恨的荊棘長滿，
再也容不下，
一顆愛的種子，
我才徹底失敗。

主，我知道，
我知道我是我最好的朋友，
也是最大的敵人，
我要與自己為友，

還是為敵，
全在我自己。

# 來自心靈的迴響

像林梢風的低語，谷中泉的奔流；像小鳥啁啾，野菊花在秋陽下展顏微笑。這是多麼純樸的田園風光，常在我們夢裡重現！像爐邊外婆口中呢喃的童謠，像茶山上少男少女的情歌對唱，以及斜陽古道野店裡的俚俗小調，這又是多麼鄉土的聲音。

不知是否也算是文明的詬病，似乎物質生活越豐富，精神生活就越貧乏。我們的眼目往往為紙醉金迷的花花世界所眩惑，耳朵為靡靡之音的商調所壅塞，逐漸迷失了上帝賜下質樸純真的本性。然而，在庸庸碌碌、矻矻營營中，我們內心深處仍不時有一種掙扎、一種渴望、一種尋求，要歸回田園，親炙那古老的、溫溼的大地，以及重溫那兒時的舊夢，夢中繫繞的老歌。

「蒹葭蒼蒼，白露為霜。所謂伊人，在水一方。」的時代早已湮沒在泛黃的歷史古卷中，「一繡鴛鴦鳥，棲息在河邊……」以及「掀起了妳的蓋頭來，讓我來看看妳的臉……」

對現代的中國人也已經成為一個美麗而傷痛的回憶。我們早已失落了那種承平時期的恬靜和無憂，在這樣一段蒼白的空隙裡，有一度我們迷失在西洋搖滾樂的瘋狂節奏中，陶醉在東洋「情呀！愛呀！無盡的相思呀！」的軟性哭調中，我們多麼需要自己的歌！

也許正因為心靈深處的這種掙扎、渴望和尋求，近幾年來逐漸興起了一批年輕的歌手，譜下了很多清新可愛的現代民歌和校園歌曲。「遙遠的東方有一條江，它的名字叫長江，遙遠的東方有一條河，它的名字叫黃河。雖不曾看見長江美，夢裡常神遊長江水，雖不曾看見黃河壯，澎湃洶湧在……」有一種悲壯的美及無盡的故國之思。「不要問我從哪裡來，我的故鄉在遠方，為什麼流浪？為了天空飛翔的小鳥，山間輕流的小溪，寬闊的草原，夢中的橄欖樹……」淡淡的哀愁，輕靈飄逸。而「阿美阿美幾時辦嫁妝，我急得快發狂，今天今天妳要老實講，我是否有希望……」則又充滿鄉俚式的土拙及俏皮。

或許他們作曲的技巧還不夠成熟，演唱得不夠水準，但他們那份對藝術的執著，嘗試著返璞歸真，將中國音樂賦以更中國人的精神和風格，卻是令人欣喜和安慰的。

雖然他們沒有漂亮的服裝，沒有瀟灑的儀態，甚至他們也不會宣傳，不懂得介紹自己，但從他們的歌聲中，可以勾起你記憶中最深沉的懷念，童稚的歡躍，泥土的眷戀，那來自心靈的迴響。

我記得，主，
我曾經擁有過一首歌，
在我渾沌未開，
靈魂尚未污染，
心思潔白如紙，
我用我的歌，
與祢交談。

我記得
它是那樣輕柔，
宛轉而又甜蜜，
歌裡述說的都是生命的喜悅，
不盡的愛，
卻不知什麼時候，
我把那首歌遺忘了。

我尋覓又尋覓，
終不再得，
甚至我以為弄錯了，
或許根本沒有什麼歌，
只不過響在深巷的跫音；
或許也不是，
只是落葉在風中的嘆息；
或許什麼都不是，
只是遺忘在世上一個無痕的夢。

主，再教我一遍，
那首古早古早以前的歌，
讓我再經歷一次生命的
初戀和清新，
以及與祢的對唱。

# 風雨中的勇者

燈下再度展讀《汪洋中的一條船》，心中仍止不住洶湧如潮的感動和激情。

以世俗的眼光看，鄭豐喜並沒有什麼特殊的成就，終其一生也不過是個國中教員。然而，令人感佩的是他面對橫逆，堅忍不拔、不屈不撓的精神和勇氣，從他身上，我們可以看到一個人怎樣把生命力發揮到無限的極致。他天生雙腳畸形，家中又赤貧如洗，在那樣偏僻保守，並且有著傳統迷信的鄉村，這樣的孩子是被視為不祥之物的，能活下去已屬僥倖，但他不僅活下來了，而且活得尊嚴，活得高貴。貧困不曾擊倒他，殘疾不曾限制他，各樣的羞辱輕視不曾傷害他，一切的苦難彷彿都變成激勵他奮勇上進的動力。打擊越重他越勇敢；磨難越深他越剛強。世上簡直沒有什麼可以再威脅他的了，即使是死亡。

當然，在漫漫人生旅途上，他也哭過、掙扎過；也失敗過、氣餒過。但是唯有經過大的試煉方能造就大的信心，歌德說：「生命有如一塊粗石，經過雕刻和琢磨，才能成功一個人物。」是的，他用他血淚交織的一生為自己，也為千萬青年塑造出一個榜樣，一個熱愛生命，永不向環境屈服、不向命運低頭的人。他的事蹟振奮了無數人心，令頹喪者振作，怯懦者奮勇，消極者樂觀，絕望者重新獲得了希望；也給我們社會平添了一股清新的朝氣，這種無形的影響力才是他真正了不起的地方。

雖然，鄭豐喜只活了三十二歲，但林肯總統說得好：「生命有如文章，在乎內容，不在乎長短。」他的一生，像是一篇可圈可點、擲地有聲的詩篇，令人激盪、低迴不已。如今，他將他的愛遺留下來，要為他的家鄉建造一所圖書館，也為許多和他相同命運的殘障兒童謀福利，他把這些工作都交給他的妻子——曾和他同舟共濟、並肩奮鬥的吳繼釗女士。儘管丈夫的去世曾使她悲痛逾恆，但為了完成丈夫未了的心願，更為了那份橫越生死的愛情，她挑起了重擔，雖長路迢迢，任重道遠，她也要勇敢地走下去。

「讓死者擁有不朽的名，讓生者擁有不朽的愛。」願以此泰戈爾的詩句祝福吳繼釗女士，她為愛情兩字做了最完美的詮釋。

若我雙眼明亮，
卻只見人間富貴，
主，

我便寧肯做一個盲者。

若我雙耳靈敏，
卻聽不見人間疾苦，
主，
我便寧肯做一個聾者。

若我雙手健全，
卻不懂付出；
雙腿強壯，
卻不走正路；
若我三更燈火五更雞，
矻矻營營，
追求的不過都是名利，
個人的幸福，
那麼，主，
我便寧肯在祢眼前化為塵土。

主，
不論是福是禍，
或豐富或不足，
只要祢——
不棄我不顧，
不拿走我面對黑暗的勇氣，
陷足絕地的信心。

我不怕，
因為，主，
我知道，即使我一無所有，
只要有愛，
仍能擁抱整個世界。

# 成功之路

很多人年輕時都胸懷大志，對未來充滿美麗的憧憬與抱負。然而，年復一年，日復一日，能夠實踐理想走上成功之路的，卻是少而又少。

為什麼？因為缺乏堅持到底的勇氣。我們常常因為一時的挫折，一時的失敗，就輕易地放棄了繼續奮鬥的決心，以前的努力也都功虧一簣。

我國田徑女傑，有「東方閃電」、「飛躍的羚羊」之稱美譽的紀政小姐，從小家境貧寒，甚至連一雙球鞋都買不起，每天赤腳練跑，但她終於締造了女子百公尺、女子二百公尺、女子百公尺低欄等多項世界紀錄，不僅為她自己，也為國家爭取了極大的榮譽。

比賽的過程不過短短一、二十餘秒鐘，在那如雷的歡呼和掌聲之後，可知她付出了多少的心血和努力？成年累月機械式的苦練，運動生涯的枯燥和乏味，置身異國的孤單和寂寞，再加上體力的消耗，精神上的倦怠，受傷時的恐懼，失敗時的懊喪，特別是一次又一次突破體能的極限，為締造新的成績，那種來自內外的心理壓力。

而她成功了，除了一份深摯的國家愛及榮譽感不斷鞭策著她之外，就是來自信心和勇氣。信心和勇氣必須相輔相成，光有信心，沒有勇氣，就好像只有門沒有鑰匙，只有勇氣而無信心，則易流於逞強好鬥的匹夫之勇。所以，《聖經》上說：「信心沒有行為，信心就是死的。」把信心實踐出來的行動，就是勇氣。

我們計畫攀登一座高山，準備周詳，卻遲遲不肯出發，那麼，那座高山永遠在可望不可及之處。同樣的，當你愛一個人，卻沒有絲毫表示，那份愛就此胎死腹中。信心，是幫助我們站起來的力量；勇氣，是幫助我們跨出去的力量。

有一位詩人曾說：「失掉金錢，只不過失掉某些東西；失掉了愛，則可能喪失大部分人生；然而，若失掉勇氣，你就一無所有。」

在我們一生中，我們需要對自己不斷地挑戰，不斷地克服，不斷地超越。因為，勝利永遠是屬於堅持到最後五分鐘的人。

主啊！
原諒自己很容易，
原諒別人卻很難；

愛一個自己喜歡的人很容易，
愛一個自己討厭的人卻很難。
接受成功的歡呼很容易，
接受失敗的難堪卻很難；
接受別人的讚美很容易，
接受別人的批評卻很難。
承認錯誤很容易，
糾正錯誤卻很難；
養成不良的習慣很容易，
戒除不良的習慣卻很難。
得意時驕傲很容易，
得意時謙卑卻很難；
失意時埋怨很容易，
失意時堅忍卻很難。
安於逸樂很容易，
克服惰性卻很難；

訂定一個偉大的目標很容易，
有恆地去完成卻很難。
這些，
都是因為缺乏勇氣。
主啊！
請告訴我們，
祢當初是怎樣以一個至高至尊神子的身分，
甘於清貧卑微的木匠生涯；
怎樣面對撒旦的引誘和挑戰，
忍受曠野的孤寂，
以及接納那些罪犯和娼妓成為祢的朋友，
怎樣走上了各各他之路，
又怎樣寬恕了那些釘祢在十字架上的人。
我的主，教導我們，
怎樣獲得這種屬天的力量。

# 我是主角

最近幾年，不知怎麼回事，我竟然走了「明星」運，電視台和廣播電台，有事沒事都要拉我上台亮相一番。

擱在從前「年輕貌美」倒還可以，如今一張臉因藥物作用浮腫醜陋，一雙手扭曲變形，這種風頭真是不出也罷。但父親說：「妳的現身說法，對千千萬萬和妳同病的人是一種鼓勵和希望，因為，妳就是一個活生生的榜樣。」

有時則是別人把我的故事（天知道我有什麼故事）改編後在螢光幕放映。於是，我看見另外一個人變成我，替我哭，替我笑，似我非我，如幻似真，不知今夕何夕！

有一次，「我找到了」運動為了拍一段我的見證影片，製作單位浩浩蕩蕩開上山來。其中一位負責測距離、打響板的年輕人是我熟識的。看他忙來忙去，我半開玩笑地說：

「你是場務吧！」

事後有朋友責怪我：「人家是場務，好像妳是主角似的？」

我不服氣地反駁說：「我本來就是嘛！」

是的，在我自己的戲裡，我是主角，不單單是我，每個人都要有這樣的自信。不論你所飾演的是公務員或是商人，是老師或是學生，是智識分子或是挑沙工人，是父親或是兒子，是達官貴人或是無名小卒，都得恰如其分，演啥像啥。別忘了，你是你自己的主角，沒有人能替代你，你的努力與否正關係著這齣戲的成敗。或許有時你並不滿意這個角色，總羨慕別人的角色輕鬆光采，但唯有那位全能大導演知道你最適合飾演什麼，你只要全力以赴，發揮你的演技，不負上天所交付的使命。

但在別人的戲中，我們必須記住自己配角的地位，萬不可喧賓奪主，搶別人的風頭。我們應學習如何與人搭配，襯托主角，必要時也須隱退一旁。總之，這是旁人的戲，我們應有讓主角發揮與表現的機會和雅量。

而在更多人面前，我們很可能只是一名觀眾。但切莫以為事不關己，而漠不關心，應抱以高度的興趣將自己融入戲中，精采處不妨鼓掌喝采，失敗處也給予諒解和包容。與眾同喜，與眾同悲。

在人生的大舞台上，我們必須具有擔當主角的信心，身處配角的涵養，以及一個旁觀者的同情心。

君不見那深宮大院，
貴妃醉酒，扶起嬌無力；
君不見那王三姐，
為情郎三擊掌與父決裂；
君不見那雄姿英發小周郎，
「既生瑜，何生亮？」空留長恨；
君不見那力拔山兮氣蓋世，
項羽稱霸，
垓下一戰英雄末路淚滿襟。

唉呀呀！
眼看著他起高樓，
眼看著他宴賓客，
眼看著他樓塌了。
多少英雄豪傑，

多少醇酒美人，
多少風流韻事，
多少兒女情長，
不過一場戲。
台上台下，
幕啓幕落，
演來演去盡都是悲歡離合；
看來看去盡都是生老病死。

我的主啊！
請讓我在這些真真假假中肯定祢的存在，
在這些虛虛幻幻中認識祢的永恆，
在這些是是非非中追求祢的道路，
在這些起起落落中抓住祢的應許。
哦，主，
請為我安插一個角色，

在祢永不落幕的戲中；
好叫我的一生，
不在祢眼前化做一場空。

# 黛綠年華

最近，因給黨史會撰寫一本民國人物傳記《于右任傳》，在收集的資料中發現了一首右老在民國四十六年寫的詩：

不信青春喚不回，
不容青史盡成灰。
低迴海上成功宴，
萬里江山酒一杯。

當時，右老已七十九高齡，但仍然意氣風發，慷慨激昂，胸懷萬里，豪氣干雲，沒有一絲老態。

我在想，青春僅僅是生命中某一段美好的歲月嗎？

當我們「少年十五二十時」，我們的頭髮烏漆，雙唇紅潤；我們的兩眼發亮，面色含光；我們的皮膚光潔，肌肉結實；我們吃得下、睡得著，我們能跑能跳，我們的精力好像永遠用不完。

我們快樂，因為我們年輕，即使有一點小小「少年維特的煩惱」，也是「為賦新詞強說愁」，轉眼雨過天青。我們大聲的哭，也大聲的笑，我們敢愛也敢恨，我們是這樣的神采飛揚，壯志凌雲，我們簡直可以擁抱整個世界。

然而，曾幾何時，我們的眼角悄悄下垂，黑髮染霜，富有彈性的肌膚逐漸鬆弛，肚腹挺出，我們的膝蓋不再靈活，步履不再輕快，做起事來往往力不從心，熬一次夜簡直好像要了老命。

我們對外界的一切也不再那麼關心熱切，我們寧肯自掃門前雪，多一事不如少一事。我們對未來也不再懷抱什麼希望和憧憬，得過且過，只要平平安安，衣食無缺，我們就很滿足了。

我們也不再和人推心置腹，不再輕易流露感情，對美好的事物也不再激情感動。我們懂得敷衍，懂得應酬，懂得喜怒不形於外，我們變得很世故老成了。

老化不僅是人體生理上的一種現象，也是一種心態，很多人年紀輕輕的就已經暮氣沉沉，缺乏鬥志。而有些人雖年登耄耋，卻雄心未滅，依然充滿生活情趣，如楊森九十餘歲攀登玉山，祖母畫家吳李玉哥八十歲學畫。

不信青春喚不回，不管我們是八十歲還是十八歲，只要我們對世事仍然充滿新奇喜悅，不怕挑戰的勇氣，以及不因任何事故而對世界逐漸冷淡的心。

哦，主。
袮曾經用——
燦爛如星子般的眼睛，
玫瑰般的面頰，
朱玉般的嘴脣，
編貝般的皓齒；
加上，
獅子的勇猛，
豹子的矯捷，
鴿子的馴良，
孔雀的虛榮；

加上，
高山一樣的壯志，
大海一樣的雄心，
和風一樣的溫柔，
火焰一樣的熱情；
祢把它們合成一起，
造成一種叫做「青春」的東西。

我的主。
即使有一天時光消逝，
青春不再，
請在我如霜的白髮下，
增添一些成熟的智慧。
看盡蒼生的雙目，
雖已昏暗，
請讓我的心眼更加明亮，

洞悉世事。
我的雙腿儘管舉步維艱，
我的心，
仍清新如晨間的風，
溫柔如水中的蓮，
敏銳如林中的小鹿，
永遠跳躍著年輕的節奏，
一如往昔。

# 兩老無猜

英國的約翰奧登和哈麗葉夫婦剛於七月份慶祝了他們結褵八十周年。奧登先生今年高壽一百零四歲，他的妻子只比他小兩歲。他們是一八九四年認識，一九〇〇年結婚，可以說是當今婚姻生活維持最久的一對夫妻。

電視訪問中，只見兩老不時互相凝視，四手相握，輕憐蜜意，盡在不言中。甚至當老太太附身跟老先生講悄悄話時，尚帶有三分羞澀，真是可愛得緊。這一對老夫妻當真可以稱得上「白首偕老」、「愛河永浴」了。

整整八十年，將近一個世紀的時間，難道他們之間沒有摩擦、沒有爭執、沒有一言不合怒目相向嗎？當然也有，牙齒與舌頭那樣親密，總也免不了有打架的時刻，何況是兩個來自不同家庭背景、生長環境的人生活在一起，朝夕相處，肌膚相親，再恩愛的夫妻也會有個性不同、意見相左的時候。曾有一位結婚多年的老太太承認她有好幾次都恨不得把那個「老傢伙」一刀殺了，她的話令所有的夫妻莞爾。

而奧登夫婦有什麼祕訣呢？他們的婚姻經歷了漫長的八十年歲月，那其間一定也包含許多艱苦、許多坎坷、許多不足為外人道的辛酸和眼淚。有嘔氣傷心的日子，也有分歧不合的齟齬，他們的愛情卻一如新婚，毫末褪色。奧登老先生解釋說：「我們不管做什麼事情都能彼此信任，同時我們的信心使我們經常快樂。」當他瞧見妻子為拍照而戴上了一朵玫瑰花，深情款款地回憶說：「當年我們戀愛時，妳總是穿一件這種顏色的紅天鵝絨衣裳！」原來，幸福的婚姻並不需要專家的長篇大論，它就這麼簡單。

有人說婚姻好像從劇場的前台進入後台，婚前殷勤體貼、風度翩翩的白馬王子可能變成了粗心大意、不愛洗澡的臭男人；婚前舉止優雅、氣質高貴的夢中情人也許變成了粗服亂髮、平庸俗氣的長舌婦，難免不大失所望。加上江山已定，彼此往往失去了耐心與新鮮感，如果再不能相互包容體諒、遷就適應的話，嫌隙日生，摩擦日深，當年的濃情蜜意就在枯燥的生活瑣碎中被一點點磨損消失了。

愛情，是上帝賜給人類的第一件禮物。只是，在這個自由開放、個人主義抬頭的二十世紀，有多少人還會像奧登夫婦那樣珍視、小心維護呢？

上帝啊！有時我真覺得祢弄錯了，

祢既然造了亞當，幹什麼又造夏娃？
如果祢可憐亞當的獨居無伴，
便再造一個亞當弟弟也是一樣，
祢卻造了一個幾千年來都沒法叫男人了解的女人。

上帝啊！祢看，
直到今天還是這樣：
男人要去打獵，女人罵他殘忍；
男人要去喝酒聊天找朋友，
女人怪他不顧家；
男人專心賺錢，女人嫌他一身銅臭；
男人安分守己，女人又說他沒出息。
而女人呀！打扮漂亮一點，
男人罵她招蜂引蝶；
女人脂粉不施，男人又嫌她黃臉婆；
女人買件花衣服，男人怪她愛虛榮；

女人要散步看月亮，男人大叫受不了，
那個大燒餅有什麼看頭？
男人不懂女人何以看部愛情電影，
也會哭哭啼啼？
女人也不了解男人怎能一邊摳腳丫又一邊吃東西？
他們總是公說公有理，婆說婆有理，
爭個沒完，吵個沒了。

只有呀！只有——
只有看到那青春飛揚的臉為愛點亮了雙眸，
水似的柔情溢滿心房；
那聖壇前的輕聲許諾，
那胼手胝足的共創家園；
那風雨中傘下的依偎，
那泥濘地的相互扶持，
那爭執後的含淚微笑，

那病榻前的溫言慰藉；
直到那白髮老伴顫抖的手為妳剝出一瓣橘子。
我才知道，上帝呀！
原來祢在那兩個不同的個體中，
放下了一種叫做愛情的東西。

# 遺愛人間

對任何一個喜愛古典音樂的人來說，貝多芬都是一個令人難忘的名字。〈命運交響樂〉的亢揚激奮，〈田園交響樂〉的恬淡和諧，〈快樂頌〉的活潑歡暢，以及數不盡的奏鳴曲、協奏曲、四重奏、即興小品等等。他的作品兼具剛柔之美，有時恢宏沉厚如山，有時熱情澎湃如海，有時又婉約明快一如小溪流水，在樂壇上，貝多芬可以說是一個全才。

然而，他的一生也是出了名的坎坷，從小失去家庭的溫暖，父親像暴君，小小的年紀就參加樂團演奏，負擔養家的責任。他一生未婚，幾次戀愛都無結果，心靈飽受創痛，未到中年即已未老先衰，百病叢生，尤以耳疾折磨他最深，聽覺對一個音樂家是何等重要，他卻失去了，內心的痛苦可想而知。這種種的傷害打擊逼使他遠離人群，把自己孤立起來，而不了解的人卻批評他是個不合群的怪物。

有一次，我在一本雜誌上看到貝多芬寫給他弟弟及姪兒的一封遺書，真情流露，誠摯感人。他說：「你們都以為我是個不友善、頑固不化、憤世嫉俗的人，這是何等的不公平。我本是個熱情活潑的人，對世上許多活動都有興趣，卻不得不年紀輕輕就放棄它們，孤獨地過活，彷彿過著流亡的生活。我喜歡和人們在一起，但有時這樣做反而更增加自己的痛苦，每當身邊的人聽到遠處的笛聲，或是有人聽見牧羊人在唱歌，而我卻渾然一無所覺，這種情形每每使我瀕臨絕望邊緣，真想一手了結自己的生命，但我的藝術阻止我這樣做，我覺得自己活在世上，負有某種使命，在任務達成之前，我不可能離開這個世界。我之所以忍受下來，乃是出於對人類的愛和為善之心。受苦的人們想到世上還有這麼個人，不顧自然加諸他身上的橫逆，盡力而為，終能躋身藝術家之林，也不免可以自慰。」（摘錄）

所以，羅曼•羅蘭說：「貝多芬對在苦難中的人，是最好也是最大的朋友，他來到我們身邊，不發一言，在琴上唱出他隱痛的悲歌，安慰那哭泣的人，他帶給我們的是一股勇氣，一種奮鬥的歡樂，一種與神同在的醉意。」

貝多芬的遺書最後寫道：「生前，我經常想到使你們快樂，死後，你們也不應該忘了我。」我常想，上帝是不是特意拿去某些人個人的幸福，為的是他可以更無私地把他的愛奉獻給世人？

有一日，
當我離去，
且讓我化做泥中的芬芳，
等候明春，
作為第一朵出土的雛菊。

或是五月的和風，
青青的麥田中，
為你遞送初熟的香氣。

當我離去，
請勿為我立碑，
若是可能，
我寧肯立於你們心中，
也勝於荒草淹沒。

有一日，
當我離去，
請勿用輓聯把我包圍，
請勿用鮮花將我堆砌，
請勿用歌功頌德的文字追悼我，
請勿用眼淚和哭聲埋葬我；
我已前赴一個神祕的約會，
啊！
我多麼希望你們歡歡喜喜，
如同我的歡喜一樣。

我的路已走完，
力已出盡，
若是我什麼都未能留下，
就讓我悄悄地走，
回到我原來的地方。

# 製造快樂

小時候，曾看過一個童話故事。有一位養尊處優、樣樣不缺的國王，卻總是不快樂，他的臣子們四處為他尋找快樂，發現每個人都有煩惱，都有自己的重擔。最後，當他們經過一座小磨房時，無意中聽到有人唱歌，歌聲是那樣地歡愉！

令臣子們吃驚的是這位磨房主人竟然窮得家徒四壁，只剩下身上的一件破衫子。臣子們以為快樂的祕訣就在這件破衫子上，連忙重金買下，如獲至寶地帶回去獻給國王。至於國王穿了這件衣服會不會就快樂呢？故事中沒有再提。只是讓我想到，有一度我們家幾乎也和那位磨房主人差不多。

以前，家住台北，房子又矮又小，而且東西曬，真可以說得上冬涼夏暖。擠下一家七口，倒也其樂融融，美滿幸福又安康。

為了讓房子通風，我們悄悄改造了一下。從庭院大門到客廳、走道、飯廳以至於廚房、後門，所有的門都筆直一條通。這樣，在悶熱的夏日，打開前後門，就可以享受一個有風的午後了，不過卻也讓路人把我們家一覽無遺，瞧得一清二楚。

只是，懂得風水的人卻大吃一驚，門戶哪有這樣開法？中國人講究的是重門深掩，才能聚財，哪裡有這樣大敞大開的，財都散光了。

我們哈哈大笑說：「我們家正好缺錢，門打直了，外面的錢財滾進來也方便些。」

屋子的牆壁上敷的是泥塊，日久天潮，漸漸都剝落了，我們找了些包裝紙，花花地糊了一牆，倒也挺藝術的，不知道的人還以為趕時髦，糊的是高級壁紙呢！

最糟的是夏天水壓不夠，自來水像眼淚，滴滴答答老半天才接一小盆。五個孩子洗澡要從下午就開始「排隊」。而水管年久生鏽，放出來的水都是褐色的，但從來沒有人皺眉頭。弟弟妹妹反而愉快地大叫：「哇！我今天洗了個咖啡浴！」「我洗的是可可浴！」「我的才棒，是巧克力浴！」

好一個「咖啡浴！」讓那些洗慣牛奶浴的好萊塢紅星也非得瞠目結舌一番。貧窮，從不會扼殺一個人志氣和幸福，因為，快樂是需要自己去製造的呀！

# 快樂大餐做法

**作料：**

一份愛心（就像愛你自己那麼多就夠了）。
一份關懷（包括不斷添加進去的付出）。
一份犧牲（再加一份能夠享受犧牲的心情）。
一罐開闊的胸襟（容得下自己的苦樂，也容得下別人的悲喜）。
一罐恬淡平和的心境（不為物慾所惑，不為得失所苦）。
一杯孩子的心（包括天真、無邪、單純、好奇、愛冒險、不記恨）。
一杯大自然（不一定非要到戶外採擷，你心中若有備用的也可以）。
一匙信心（永遠不會對自己、對別人，乃至對四周的環境失望）。
一匙忍耐（笑罵由他笑罵，我自好自為之）。
一匙從容（處變不驚、處驚不變）。
兩撮信賴（對別人，乃至對自己）。
兩撮了解（心靈的溝通）。

兩撮尊重（一種基本禮貌）。

**做法：**

把這些作料全部混合（當然差一、兩樣也不要緊，只是味道淡一點），倒在鍋子裡（什麼鍋子並不重要），用愛火慢慢煮燉（火候的控制要靠你的經驗），輕輕攪拌，不時再加進去一點幽默的香料，一點歌聲、笑聲、親吻，以及任何你認為足以增加美味的東西。

你不需要等它煮好了再吃，現在就可以開始品嘗。而且可以一邊煮，一邊不斷添加作料。它不僅夠你一個人吃，也夠很多人吃，你隨時可以邀人同享。

最後，當你心滿意足地享用這頓「快樂大餐」時，不要忘了讚一句：「啊！真棒！」也不要忘了感謝供給這些作料的上帝。

註：前日剩下的那些懊惱、嫉恨、煩愁、不快的垃圾要趕快拿出去扔掉，切勿留在家中發臭。

# 馬偕

西元一八七一年，有位叫馬偕的加拿大青年渡過了汪洋大海、滾滾波濤，來到陌生而遙遠的中國。他在台灣北部的淡水登陸，並且在那裡定居。他是一位醫生，也是位傳教士。

當時的社會仍有著中國傳統的保守思想，因此，當地的居民對這個「洋番仔」充滿了仇視排斥的心理，他們打他、罵他，威脅著要殺掉他，可是他不為所動。

有一次，馬偕在回家的路上，碰到一位蠻不講理的老婦人，一邊辱罵他一邊用馬桶中的大糞潑他，他也默默忍耐，若無其事地走開。他在日記中寫著：「有苦就有甜，有冷就有熱，有敵人就有朋友，世界就是這個樣子。」

在一百多年前，台灣仍有許多草莽未闢之地，他跋山涉水，為人治病，傳講福音。他辦學校，設博物館，開醫院，把西方的科學智識引進來，希望藉此啓迪民智，改善民風。

就憑著他那「寧可燃燒至死，不願生鏽腐蝕」的信念，以誠摯不變的愛心，終於感化了那些冥頑不化的鐵石心腸。二十餘年後，他回國省親，當年那些逼迫他的人敲著鑼、打著鼓，把他高高抬在轎子上，一路放著鞭炮歡送他，而且送了他一把「萬人傘」，感戴他的恩澤。

南美洲的許多荒漠之處，仍有許多未開化的土人部落。二十餘年前，三位美國傳教士不幸被當地的食人族殺害了。噩耗傳回來時，年輕的未亡人悲痛逾恆，她們應該懷恨這些無知的土人嗎？應該「以牙還牙，以眼還眼」嗎？然而，恨能化解恨，暴力能制服暴力嗎？

她們選擇了另外一種方法，繼承了丈夫的遺志，不畏艱苦，不懼死亡的威脅，來到丈夫殉教的部落傳起福音。幾年之後，當地的土人不但放棄食人的陋習，當年殺害她們丈夫的凶手之一，竟然信了上帝，把自己奉獻，也做了傳道人。這個故事就是他親口說出來的。

美國的林肯總統曾說，消滅敵人最好的方法，就是讓他變成你的朋友！

當然，在轉化的過程中，你需要付出極大的愛心，寬容體諒，永不灰心的信念，以及恆久的忍耐力。

「愛能化解仇恨，恨能挑起爭端。」他們都可以說是最好的見證人。

主。

當我的眼目馳騁在青山白雲之上，
紅花綠野之間，
求祢教我不要忘了那些五色不辨的盲者，
好多得一份體恤的心。

當我的雙耳沉浸在飛瀑流泉，
鳥唱蟲鳴時，
求祢教我不要忘了那些五音不知的聾者，
好多得一份仁愛的心。

當我穿著一身剪裁適度的新裝，
當我吃到一頓色香味俱全的美食，
當我享受著家庭的溫暖，
友誼的芬芳，

我的主啊！
求祢教我一點也不要忘記，
這個世界上還有千千萬身世飄零的孤苦人，
好多得一份感謝的心。
主。
教導我在幫助別人時，
更加地柔和謙卑，
免得無意中傷害了對方。
因為，沒有尊重的施捨，
往往比刀劍更容易傷人。

主。
不要叫我念念不忘對別人的一點好處，
以免有一天善意成了惡意；
不要叫我期待別人的回報，
以免我的期望落空，

轉愛成恨。

單單只為我有這樣的能力付出，
就讓我歡歡喜喜地去做。

# 鵝媽媽

可愛的鵝媽媽已經度過她八十三歲的壽辰！

她髮絲如銀，臉色紅潤，笑容滿面地接受一批又一批的學子門生向她拜壽，從鬍子花白的老頭子到乳臭未乾的小娃娃，真可以說杏壇春風，桃李滿天下。我幾乎也算得上她半個學生！

十多年前，我常常收聽她的英語廣播教學節目。起初，孤陋寡聞的我一點也不知道「趙麗蓮」是何許人也，我只是被她那一口清脆悅耳的聲音所吸引。她講解清晰，出語幽默，聽她的課是一種享受。我一直以為她只有二十來歲，後來在一次教育部對她的表揚時，我才霍然發現她早已經是祖母輩的人物，而且是鼎鼎有名的大學教授。

鵝媽媽樂觀堅強，風趣和藹，她一生經歷了無數酸甜苦辣的歲月，卻不曾在她臉上留下絲毫的風霜和憔悴。她是個混血兒，從小在別人奇怪的眼光下長大，丈夫早逝，兒女又都不在身邊，但她一點也不孤寂，她把全部的時間精力都放在教學上，為國家作育英才。她愛學生，學生也愛她，每逢過年，總有好幾百個「子女」向她拜年，因此每封紅包只能包二十元，意思意思，人實在太多啦！

六年前，鵝媽媽得了血癌，醫生宣布她只有三個月的生命。然而，鵝媽媽豁達的心胸，以及對疾病無所畏懼的態度，竟使她越活越剛健，了無「病態」，連醫生都不得不敬佩，認為這是一項奇蹟。鵝媽媽自己說：「我不理它，不當它一回事！」

鵝媽媽認為她目前的生命，每一天都是撿來的，白白賺來的，所以，她絕不肯浪費一分一秒。又在中華電視台專門為小朋友闢了一個英語教學節目「鵝媽媽教室」，返老還童，穿起了圍兜，扮演起美國童話中的鵝媽媽，一邊玩一邊上課，真正是寓教於樂。孩子們快樂，她更快樂，她說：「你越關心別人，生命就越長久，越豐盛。」

我想起丁尼生的詩句：「去努力，去追求，去尋找——永不退卻，永不屈服。」有的人熱愛生命，一直堅持到最後一口氣，有的人卻早早放棄了天賦權利，向環境低頭，向命運投降。我的英文半途而廢，但從鵝媽媽身上，我學到了更多人生的功課！

若是我的面頰仍映照湘水三月的桃紅，
卻精神困頓，

好逸惡勞，
失去向生活挑戰的勇氣，
那麼，主，
我的青春便算不得美。

若是我的長髮仍烏亮一如蘇杭的綾緞，
卻放棄熱情，
懷疑自我，
不再對四周的事物新奇敏銳，
那麼，主，
我的青春便算不得好。

若是我的額頭仍光潔一如藍田的新玉，
卻不負責任，
自以為是，
自私自利只想到自己，

那麼，主，
我的青春便算不得真。
若青春只是牛仔褲、爆炸頭，
只是口香糖、迪斯可，
只是特立獨行、新潮反叛，
我的主啊！
我的青春便小鳥一樣不回來。

不論時光如何消逝，
我光潤的臉溝渠縱橫、皺紋滿面，
如雲長髮枯乾如草，
炯炯雙目昏暗如將殘的燈火；
求祢，主，
讓我的心靈永不疲倦，
永不失去對生命的喜悅，
和愛戀。

# 幽默

美國總統雷根不久前遇刺受傷，送進了醫院，他竟然打趣自己說：「邱吉爾曾說，遭槍擊而未死，是最令人高興的一件事！」他不理會肺部傷勢的嚴重，有一度甚且發生生命危險，卻可惜他剛上身的新西裝，問他的兒子說：「你看他們會不會賠我一套呀？」

他當然並不是真的想要凶手賠他一套新衣服，只不過藉此表示他健康良好、心情輕鬆，以緩和鎮定因他的受傷而引起國內外緊張不安的氣氛。

對於凶手，他也未曾苛責，只無奈地說：「乖乖，這傢伙到底有什麼牢騷呀？」說得也是，雷根剛上任兩個月，不應該這麼快就給他一槍的。

雷根的風趣幽默，不僅表現了他大智大勇的一面，也表現了優越的政治家風度。

適時幽默，不僅可以消除緊張，而且可以避免尷尬的場面。據說有次白宮舉行晚會，貴賓如雲，季辛吉上台時卻不小心跌了一跤，真是尷尬之極。主持晚會的名影星法蘭克辛那屈情急智生，立刻說：「國務卿先生，你越來越像總統了。」原來當時的福特總統腿部有病，時常摔跤，此語一出，大家會心一笑，尷尬無形中化解。

有異曲同工之妙的，是我國名軍事學家蔣百里先生，有一次到軍校演講，甫一上台，便跌了個四腳朝天，台下數千官兵哄然大笑，都等著看他的笑話，誰知他不慌不忙爬起來，劈頭就說：「革命軍人就是要跌倒了再爬起來！」不僅替他自己解了圍，還適時上了一課。

有時候，幽默也是紓解心情苦悶、精神壓力的良方。大陸同胞形容身上所穿的衣服都是「高爾夫裝」，蓋每件衣服至少有十八個洞也！當蘇俄的太空船有次登陸月球，一位教師向他的學生吹噓，偉大的蘇維埃政府已經可以征服月球，不久之後，他們將登陸金星、火星……等等。這時，一位小學生怯怯地問：「那麼，我們什麼時候才能到維也納旅行呢？」

幽默，不是胡鬧，不是挖苦，不是滑稽，不是輕佻，不是低級笑話；它是含蓄的、高雅的、風趣的，樂而不淫、含而不露的，博人會心一笑而又不致傷到對方。

幽默，也代表著一個人的人生修養，成熟睿智的思想，豁達開放的胸襟，以及豐富的人情味。不僅可以美化自己的性靈，亦是人際關係的潤滑油！

主啊！
祢曾教我們：
待人要柔和謙卑，
處世要公正和平；
痛苦中要歡喜盼望，
危難時要剛強堅忍。

主啊！
在這一切美德之外，
請再賜給我們一點點幽默，
好叫我們的生命不致太過嚴肅，
呆板乏味。

不是嘻皮笑臉，
不是插科打諢，
不是小丑作態，

不是裝瘋賣傻。
只是一種生命的提升，
一種自我的超越，
一種歲月的歷練，
一種世事的洞悉。
尷尬時一點機智，
困窘時一點紓解，
無奈時一點自嘲，
僵持時一點調和。
讓別人愉悅、也令自己愉悅的
人生香料。

最後，我的主。
也請賜給我們足夠的胸襟和涵養
能夠接受，
並且欣賞別人的幽默。

# 面對恥辱

前不久，看了美國羅斯福總統的傳記片《旭日東昇》，是描述他與疾病掙扎奮鬥的經過。

羅斯福是在中年罹患小兒痲痺症，這時他已做了參議員，在政壇上炙手可熱，遭此打擊，差點心灰意冷，退隱鄉園。

開始時，他一點也不能動，必須坐在輪椅上，但他討厭整天依賴別人把他從樓上抬上抬下，晚上就一個人偷偷練習。有天他告訴家人說，他「發明」了一種上樓梯的方法，要表演給大家看。原來，他先用手臂的力量，把身體撐起來，挪到台階上，然後把腿拖上去，就這樣一階一階艱難緩慢地爬上樓梯。他的母親阻止他說：「你這樣在地上拖來拖去，給別人看見了多難看！」

羅斯福斷然說：「我必須面對自己的恥辱！」

美國有位名叫邁可的拳擊手，天生畸形，不僅沒有左手，而且比右臂短了一大截，但他從小就喜愛拳擊，渴望做一名出色的拳擊手。別人罵他痴人說夢，比賽激烈的拳擊運動哪裡是他這一手殘障的人可以參加的，簡直是異想天開。可是他不灰心，一方面研究別人出擊的技巧及戰術，一方面自己揣摩，如何截長補短，克服自己體能上的缺陷；同時不斷鍛鍊左臂的力量，進而成為他的「祕密武器」。當他出擊時，往往將右臂化直為鉤，先把對方拉到自己面前，然後左臂以橫拳擊出，將對方猝不及防地擊倒。這正應了孫子兵法上說的「出其不意，攻其不備」，無怪乎他連勝二十場，所向無敵。

拳壇給他的左臂取了個外號，叫「散彈槍」，意思是指短程射擊，亦可以想像其威力驚人。很多時候，苦難可以創造幸福，失敗可能奠定成功，就看你以哪一種態度去面對它。

當然，承認自己的缺點很難，面對自己的恥辱更難，那包含了無數的心酸、委屈、悲憤以及咬牙的痛苦。但你不面對它，就無法克服它。

自輕者人必輕之，自憐者人必憐之。面對恥辱而不逃避，面對失敗而不退縮，就是憑藉著這種精神，邁可才能在拳壇稱霸，羅斯福才能當選美國有史以來連任四屆的總統哩！

主啊！

有時候我們並不是不能承受失敗，
只是不能承受隨著失敗而來的難堪。
別人的奚落或嘲弄，
甚至一個同情憐憫的眼光，
都令我們的自尊受到傷害，
我們懊惱、羞辱，
自覺成為別人的笑柄。

我們其實不知道，
別人對我們的傷害有限，
唯有這種陷我們於低潮的情緒，
才是最大的阻礙，
致命的敵人。

哦，主。
幫助我們從失敗中重新調整腳步，

以靜制動，
以少勝多，
以退為進，
以守為攻。

讓——
每一滴眼淚都化成珍珠，
每一道傷痕都凝成花朵，
每一塊絆腳石，
都變成攀向生命高峰的墊腳石。

我的主。
我不求無知的快樂，
未經淬鍊的剛強；
我只求力量和勇氣，
走過崎嶇的路程。
教我面對自己，

如同面對祢一樣地坦然無懼。

# 和諧人生

為什麼你很少朋友，為什麼別人都不歡迎你？為什麼你好像總是與人合不來？為什麼有時你有心幫助別人，別人卻不領情？為什麼？

為什麼有的人人緣那麼好，朋友那麼多？為什麼有的人事事都順利？為什麼有的人即使長得一點也不好看，也照樣討人喜歡，為什麼？

想想看，找找看，一定有原因的。是不是因為你常常把自己的心閉鎖，不願表露自己？我們總喜歡抱怨別人不了解自己，卻忘了給予對方充分了解自己的機會。

有的人生性木訥保守，不善於表達自己，或是靦腆害羞，怯於表達自己，不知不覺就拉長了人與人之間的距離，使別人不敢或無法接近你。

有的人往往熱心過度，凡事都要插一腳，也不管別人感受如何，完全以自我為中心。而這類人又多是成事不足、敗事有餘，令人啼笑皆非之餘只好敬謝不敏。

也有的人喜歡說長論短，喋喋不休，一件小事會被他加油添醋，渲染得天下皆知。這樣的人焉不使人敬而遠之、避之唯恐不及呢？

還有的人專門以低姿態出現，不斷訴說自己是如何不幸，如何痛苦，別人又是如何虧負自己等等。絮絮叨叨，沒完沒了。總之，他是天下最可憐的人，以博取衆人同情。一而再，再而三，恐怕再有耐心的人都要落荒而逃。

另外還有些人，可能生活環境優裕，或是自恃學問地位高人一等，待人接物時不免下意識地流露出一股驕氣和優越感，惹人討厭，自然無法予人親切感。

此外，個人的衛生習慣也很重要，如果頭屑滿身，衣衫不整，或是有口臭、狐臭的毛病而不自知，都容易使別人遠離你。

找到自己的缺點，設法予以糾正（如是生理上的毛病可以請醫生診治），都可以逐漸改進你的人際關係。

當然，人與人之間往往由於思想觀念的不同，而有所分歧摩擦，我們不需要刻意去討好或逢迎別人，只要待人信實可靠、真誠無僞，就像《聖經》上說的：「對人對神常存一顆無虧的良心」也就夠了。

不要忘了，與人和諧，就是與神和諧，與自己和諧。

主。
我喜歡朋友，
因為，祢知道孤單的路是多麼難走。
當我跌倒時，我需要有人扶我，
受傷時，有人慰我，
寂寞時，有人伴我；
快樂時，有人分享，
痛苦時，有人分擔；
得意時，不嫉妒我，
失意時，不離棄我。

當我驕傲時，有人提醒我，
錯誤時，有人指正我，
若是我得罪了他，
仍能寬容我。

我的主，
在我擁有別人的友誼之前，
先教導我如何成為別人的朋友，
不以衣冠取人，
不以財勢論人，
不以智騃斷人，
不以美醜閱人，
不炫己之長，
不揭人之短，
不誇己之功，
不忘人之恩。
教我言語柔和，
態度誠懇，
心情開朗，
精神愉快；
即使我不能為朋友做什麼，

也讓我默默付出，
我關懷的心意，
無盡的祝福。

# 文明之後

前不久，不法的建築商人在神不知鬼不覺的情況下，築了一道土堤，把淡水海邊那片紅樹林圍了起來，目的是截斷水源，以期讓紅樹林自然乾枯死亡，他們就可以填土利用。紅樹林，又名水筆仔，是一種生長在鹹水與淡水交會的胎生植物，非常珍奇罕有，政府已列為「國寶」，竟然還有人打它的主意，幸虧發現得早，搶救及時，否則後果不堪設想。

台灣由於地狹人稠，寸土寸金，於是林安泰古厝為拓寬馬路被拆除了。中南部許多有名的古厝也紛紛在建築商重利誘惑之下夷為平地，取而代之的是一棟棟鴿子籠似的水泥公寓。而中國建築上那些美麗的飛簷、雕花的樑柱、門楣、窗櫺、裝飾等等都成了外國人搜集的寶貝。

還有很多地方戲曲，如南管、北管、歌仔戲、布袋戲、皮影戲等等，也都因為電影、電視的興起，無可避免地逐漸沒落式微，紛紛解散了。於是，成套成套的道具行頭，甚至整個戲班子都一股腦被外國人當成古董，搜括一空。

不僅僅這些，連動物也難逃厄運。日本人以數千元一隻的代價購買灰面鷲的標本，灰面鷲就在濫捕濫殺的情況下瀕臨絕種的危機。最近日本又吹起一股怪風，說是吃腦補腦，因而台灣獼猴也遭了殃，數量銳減，再不制止的話，恐怕也將步灰面鷲的後塵。

儘管政府對於古物及稀有動植物明令保護，然而，下級機關不能有效執行，人民貪財圖利，目光淺顯，都是造成今天寶貴資源流失的主要原因。

再加上山林大量被砍伐，河川嚴重被污染，自然生態失去平衡，鳥獸失去棲憩之所，自然大量減少，這些，恐怕是世界上已開發國家和開發中國家所面臨的共同難題吧！

當然，人的思想和價值觀在種種衝擊下也有極大的轉變，處在一個競爭激烈、分秒必爭的社會，人人被磨練得頭腦敏銳、衝勁十足，卻也不免急功近利，心胸狹小，相形之下，責任心與榮譽感也淡了很多。

文明不斷進步，社會不斷變遷，我們沒有可供採菊的東籬，沒有悠然可望的南山，我們又到哪裡去孕育那份恬淡寧靜的胸懷，不為五斗米折腰的節操呢？

主，

祢曾賜給我們美麗潔淨的天空，

穹蒼萬里；
而如今，
大氣卻充滿廢氣和煙塵。

主，
祢也曾賜給我們青翠的山崗，
清澈的溪流；
然而，曾幾何時，
山林大量砍伐，
溪水嚴重污染。

新店溪的香魚，
阿里山的雲豹和帝雉，
北美洲的雪貂，
非洲的黑犀牛，
太多太多的動物逐漸從這個地球消失。

而主，祢所曾賜給我們的——
當仁不讓的勇氣，
冒險犯難的精神，
貧賤不移的節操，
以德報怨的胸襟，
在這個時代已經式微了；
我們比以往活得更聰明更機敏，
也更自私更利己；
我們失落的是對天地的虔敬，
人與人之間的和諧，
以及內在自我的平衡與安全感。

主啊！
請告訴我們，
到哪裡尋回我們失落的伊甸，

# 重建我們的天國？

# 臉譜

你見過自己的臉嗎？一定見過，在鏡子裡，在池水的倒影中，在沖洗的相片上。

或許你也聽過希臘神話中有關水仙花的故事吧！一個極其俊美的少年經過溪邊時，無意中從溪水的倒影中看到自己的容貌，竟然忍不住被自己的一張臉所吸引，顧影自憐，愛上了自己，捨不得離去，終於變成了溪邊孤芳自賞的一株水仙花。

在人的四肢百骸中，人最看重的就是一張臉。我們常抱怨自己的臉不夠完美，最好眼睛再大一點，鼻子再挺一點，臉頰再……不時想方法美容它，甚至改造它。然而，不論你怎麼修飾，仍然逃不過時間無情的追擊。

越是英俊美麗的面孔，心理的負擔往往也越重，不知道什麼時候紅顏將老，青春不再。看過《亂世佳人》中的費雯麗，再看看《愚人船》中的她；看過《魂斷藍橋》中的羅勃泰勒，再看看《白馬將軍》中的他，簡直讓人有不忍卒睹之感。這就是為什麼許多明星在年華老去之後，不敢面對自己的緣故，像洛赫遜的酗酒，像樂帝的自殺等等。

一個人如果太注重他的外表，必然會忽略內涵的充實和修養，同樣的，一個人如果只關心自己的美醜，又怎麼有時間看到別人臉上的喜怒哀樂呢？

非洲某些部落的土人，在祭神時往往戴著一副五彩面具，為的是辟邪驅魔。許多歹徒做案時，也往往罩著一副面具，怕的是別人認出他們的廬山真面目。

很多時候，我們也會隱藏起真正的自己，戴著一張假面具。明明是心裡憂愁，卻要強顏歡笑；明明是自己討厭的人，卻要笑臉相迎。甚至於有時候「見人說人話，見鬼說鬼話」，在不同的場合，不同的人面前扮演不同的角色，我們活得好累呀！

然而，不論我們怎樣掩飾自己，我們的脾氣個性、學識修養，以及心懷意念都會不知不覺刻畫在臉上。所以，林肯曾說：「一個人年過四十之後，就該對自己的臉負責。」

平劇裡的臉譜有其不同的意義和代表，我們有的只不過是一張素臉，用什麼來扮演我們人生的善惡忠奸呢？有一日當我們離去，除了我們的畫像、塑像、五彩放大照片外，我們還能留下什麼形象在別人的心版上呢？

千百張面孔，
不過都是男女老少；

千百張面孔，
不過都是張王李趙；
千百張面孔，
不過都是方圓長瘦；
千百張面孔，
不過都是喜怒哀樂；
它們迎面而來，迎面而去。

這一張張臉，
有的神采飛揚，
有的黯淡失神；
有的躊躇滿志，
有的憂傷孤寂；
有的洋溢著情人的歡躍，
有的布滿旅人的風塵。
主啊！

告訴我們，
一張臉能刻畫多少生活的軌跡，
容納多少歲月的滄桑？
當天庭飽滿，
眼瞳烏亮，
雙頰紅潤的青青童子，
有一日垂垂老去，
木然地孤坐在公園的長凳上，
迎著人來人往，
主啊！我們又該用什麼來填補，
這漫長的距離，
好使我們的智慧，
和我們的心，
不曾一起老化。

# 富豪之死

億萬富翁霍華・休斯死了。他的去世震驚了全世界，根據合衆國際社的報導，德州的檢察官驗屍之後，認為他實際上是死於「缺乏照料和極度的營養不良」。望著報上的那張如髑髏般的遺體照片，我難過了一夜！

他的財產像天文數字，遍及全球，為他工作、效力賣命的員工也不下數十萬，呼風喚雨，要什麼就有什麼。他想吃俄國的魚子醬、澳洲的鱈魚、法國的香檳酒，就派架專機去買，他不喜歡某家電視台的節目，乾脆連整個電視台都買了下來。

美國最高法院因案傳訊他出庭作證，他可以悍然拒絕，置之不理。堂堂世界第一強國的最高司法機構竟然拿他一點辦法也沒有，權勢之大，簡直到了我們中國人所形容的「富可敵國」的地步，他就是這樣一個人。然而，他居然死於缺乏照料和營養不良，多麼令人不解，難以置信。

龐大的財富並沒有帶給他絲毫幸福。他兩次離婚，無兒無女，相反的，他怕別人謀刺、綁架，生活在極大的恐懼中。據說，他最後的三十年都是在一間暗無天日的小房間度過，與世隔絕，孤獨至死。他的屍體被發現時，已經臭了。

歐美歷史上最偉大的君王亞歷山大大帝，橫掃歐亞非三洲之後，竟然為沒有可再征服之土地而落淚，因為他的野心尚未能滿足，他的雄才大略尚未能完全發揮，卻已打遍天下無敵手，怎不令他有英雄無用武之地的感觸。沒想到這位天縱英才僅僅三十二歲就患病去世，臨死時大徹大悟，要他的臣子在棺材兩側挖兩個洞，把他的手擺出來，好告訴世人，他雖然一生君臨天下，雄霸一方，至終卻兩手空空，什麼也帶不走。

而我，只是一個平凡的小人物，既沒有錢，也沒有勢，但我有愛：父母的愛，手足的愛，朋友的愛，以及上帝的愛。使我有盼望，有喜愛，使我活得豐富而滿足，在重重苦難中也能發出讚美的歌聲！

愛是上帝賜給人類最大的財富。沒有它，即使我們擁有全世界，也依然一貧如洗。

當我們年少，
曾經夢想：
美麗的容貌，

健康的身體，
幸福美滿的家庭
一帆風順的事業。

也曾渴望：
珍珠千斛，
僕役成群，
佳肴美酒，
遨遊天下。

也曾祈求：
智慧超人，
才華蓋世，
無上的榮耀，
崇高的地位。

然而，
當我們歷經人世的滄桑，
世事的變幻，
身經千折百磨；
當繁華落盡，
千燈俱滅
這一切的榮華富貴，
功名利祿便如過眼煙雲。

哦，主。
莫教我們為有形的物質所囿，
它們有時得到，有時失去，
且讓我們以心香一瓣，
垂天默禱，
讓我們能愛，
也能被愛。

# 快樂鬥士

美國前副總統韓福瑞的去世，舉世同悲。

他之所以受到世人的欽仰及懷念，除了他在政治上的卓越表現外，來自他堅強的生命意志和樂觀奮鬥的精神。

韓福瑞出生於一個小藥商之家，在美國三十年代經濟大蕭條的艱苦歲月，不僅他自己首當其衝，而且也目睹了其他小市民浮沉掙扎之痛苦，因而特別具有悲天憫人的心懷，終其一生不斷為小市民、農民、黑人的福利奔走疾呼，爭取人權。他也是個感情豐富的人，激動時常當眾落淚，他也毫不諱言，他說：「沒有淚的人就是沒有心的人。」

韓福瑞縱橫美國政壇三十年，以詞鋒犀利、衝動十足並樂於接受批評而知名。一九六八年，他代表民主黨出馬競選總統，不幸以極少數票敗給尼克森。大選揭曉後，他表現了極佳的政治家風度，告訴噙著淚水的支持者，終其一生，他都不會放棄為國家效力，為大衆服務，致力於伸張人權，謀求和平，創造人類更美好的未來而努力。也許從失敗中更見出一個人的真性情，韓福瑞不氣餒的勇者態度，贏得廣泛的推崇，使他雖敗猶榮。

韓福瑞這種「特殊勇氣」在他最後與癌症搏鬥這段時期，再一次表露無遺。韓福瑞早在十年前即已罹患癌症，他曾多次手術，割去膀胱、膽囊等。十年來他一直在死亡的陰影下奮鬥掙扎，然而始終樂觀堅忍，故有「快樂鬥士」之稱號。

甚至，當他的癌症已至末期，無可救藥時，他仍然笑口常開，忍著病痛，四處演說，在國會裡為爭取通過他所起草的〈全民就業法案〉而努力不懈。在他，生命就是一場戰鬥，即使已知要面臨失敗的命運仍須盡力而為。他也經常親持鮮花糖果去慰問其他病患，這種艱苦卓絕渾然忘我的精神，激勵感動了成千上萬的人。他曾在參院告訴大家：「最偉大的醫療方法就是友誼和愛，在世界各地，我已確實感受到友誼和愛的存在。」

綜觀他一生，不僅教我們怎樣希望，怎樣生活，如何取勝以及如何承受失敗。最後，他的臨死不懼，更教導我們如何面對死亡，而且死得有尊嚴、有勇氣和有意義。誠如莎士比亞的詩句所說的：「善走的腿會跌倒，挺直的背會傴僂，黑髮會變白，鬈曲的頭髮會變禿，美好的容顏會消逝……但一顆善良的心如貫日月，有如太陽之光照耀，永不改變。」

主啊！
科學家曾經告訴我們，
所謂的萬物之靈，
說穿了不過是一堆物質。
有一點氯，可以給五個游泳池消毒。
有一點脂肪，可以造十條肥皂。
有一點磷，可以造兩萬支火柴。
有一點鐵，可以造幾塊錢的釘子。
有一點硫磺，可以除去一頭狗身上的跳蚤。
有一點甘油，可以爆炸一枚砲彈。
除此之外，還有氮，一些水，
一些鈣，一點糖和鹽。

但是，主。
祢一定在這堆破銅爛鐵中，
還加添了一些實驗室找不到、

顯微鏡看不見的特質。
在腦波的起伏中，
讓我們能夠思想，能夠研究，
能夠源源不絕地創作。

在血脈的躍動中，
可以愛，可以付出，
可以擁抱整個世界，
以及隨著肺葉的吐納，
不絕如縷的信心，
屢仆屢起的勇氣，
頑強如鐵的意志，
死亡也不能剝奪的尊嚴，
還有那一顆溫柔似蓮花，
堅如花崗石般的心。
使我們尊貴如人，
尊貴如祢的兒子。

杏　林　子　作　品　集　1　3

# 生之頌
Psalm of Life

國家圖書館出版品預行編目（CIP）資料

生之頌 / 杏林子著. -- 增訂二版. --
臺北市：九歌出版社有限公司, 2021.12
面；　公分. --（杏林子作品集；13）
ISBN 978-986-450-373-5（平裝）

863.55　　110017093

作　　者——杏林子
創 辦 人——蔡文甫
發 行 人——蔡澤玉
出　　版——九歌出版社有限公司
臺北市八德路3段12巷57弄40號
電話／25776564 傳真／25789205
郵政劃撥／0112295-1

九歌文學網　www.chiuko.com.tw

印　　刷——晨捷印製股份有限公司
法律顧問——龍躍天律師・蕭雄淋律師・董安丹律師
重排初版——1995年2月10日
增訂新版——2021年12月

定　　價——300元
書　　號——0110313
I S B N——978-986-450-373-5